U0057113

元氣日語編輯小組
編著
最佳日語入門教材
日語
50音
帶著背！
新版

學習日語，當然從《日語50音帶著背！》開始！

學英文，ABC……。

學中文，ㄅㄆㄇ……。

學習日語，當然就從50音開始！

日本是亞洲文化輸出大國。不管身在哪個角落，吃的日式美食、商家擺放的招財貓、讓人愈陷愈深的日劇、架上最新的藥妝產品、陪伴我們一起長大的動漫遊戲……。無處不在的日本文化，挑起許多人學習日語的慾望，而50音就是學習日語的第一步。

其實日本古代並沒有自己的文字，直到與中國隋、唐接觸之後，才引進漢字做為書寫紀錄的工具，並參照草書簡化為「平假名」，利用楷書偏旁造出「片假名」。

為什麼學習日語，要先學平假名和片假名呢？因為日語的平假名就像中文的注音符號一樣，每個假名都有固定的發音，如果不會唸，就無法開口說日文。此外，平假名除了當發音之外，它本身還是文字，因此不會平假名，便無法讀寫日文。至於片假名，是標示日文外來語必要的工具，所以豈可不會？

鑒於國內讀者總是滿懷興趣開始學習日文，卻又因為遇到挫折半途而廢，我們特別為第一次接觸日語的讀者，設計了輕鬆學、馬上說的《日語50音帶著背！》，十大學習密技，讓你不再原地踏步——

編者的話

1. 循序漸進，掌握重點式教學！
2. 正確標明筆順，一目瞭然！
3. 學完就練習，「寫寫看」好體貼！
4. 「發音重點」提醒發音要訣，說得更正確！
5. 「小小叮嚀」提醒容易寫錯部分，寫得一清二楚！
6. 「平假名」、「片假名」一起學，最有效率！
7. 同步標注羅馬拼音，輕鬆開口說！
8. 「說說看」現學現賣，學完一個音，就可以開口說出單字，甚至一句實用日文！
9. 隨書附上「動感MP3音檔」，眼到、耳到、口到、心到，一定能說出漂亮正確的50音！
10. 方便隨身攜帶的小開本，不論搭電車、坐公車，都能隨時隨地增進日語能力！

50音背一行忘一行嗎？不是你不努力，是你沒有找到對的書！《日語50音帶著背！》是最佳日語入門教材，讓你迅速跨過日語學習門檻！熟記50音的字型與發音，打下基礎，就是晉升日語達人的第一步！

元氣日語編輯小組

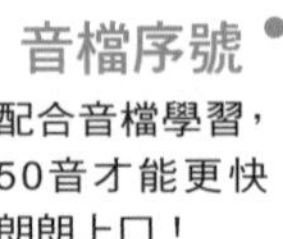

MP3 03

片假名
對應的「片假名」，可以對照學習！

平假名+筆順
學習50音，要先學會平假名。依照筆順練習，寫出最正確的字！

あ ア

發音
用羅馬拼音輔助發音！

發音
a

發音重點
嘴巴自然地張開，發出類似「阿」的聲音。

發音重點
以國、台、英語的類似音，讓讀者說得輕鬆！

寫寫看！
學完立刻練習，才不會學過就忘！

寫寫看！

あ あ

小小叮嚀！
提醒筆順以及容易寫錯部分，讓讀者寫得一清二楚！

小小叮嚀！

- 第一劃為一橫線，不可以太短，要不然變成像「あ」，就不好看囉！
- 第二劃穿過第一劃向右微彎，注意第二筆劃的尾端，必須凸出於第三筆劃。
- 第三劃由右向左穿過第二劃之後，往上畫一個圈圈再穿過第二劃和第三劃，在右半邊畫一個半圓，左右兩邊圓弧形的地方大約齊高。

012. 50音帶著背！

如何掃描QR Code下載音檔

1. 以手機內建的相機或是掃描QR Code的App掃描封面的QR Code
2. 點選「雲端硬碟」的連結之後，進入音檔清單畫面，接著點選畫面右上角的「三個點」。
3. 點選「新增至「已加星號」專區」一欄，星星即會變成黃色或黑色，

如何使用本書

片假名也練習看看！

ア ア

片假名也練習看看！
寫一寫，記得牢！

あ / ア 有什麼？

有什麼？
學完一個假名，用相關單字輔助，可以現學現賣！

あい a.i（愛）

あさ a.sa（早晨）

あした a.shi.ta（明天）

アイス a.i.su（冰）

說說看！

あつい！ 好熱，好燙！
a.tsu.i

說說看！
學完一個假名，也能學會一句實用日文！

50音帶著背！.013

代表加入成功。

4. 開啟電腦，打開您的「雲端硬碟」網頁，點選左側欄位的「已加星號」。
5. 選擇該音檔資料夾，點滑鼠右鍵，選擇「下載」，即可將音檔存入電腦。

清音・鼻音

濁音・半濁音

拗音

促音・長音

日語假名表

〔清音・鼻音〕

	あ段	い段	う段	え段	お段
あ行	あ ア a	い イ i	う ウ u	え エ e	お オ o
か行	か カ ka	き キ ki	く ク ku	け ケ ke	こ コ ko
さ行	さ サ sa	し シ shi	す ス su	せ セ se	そ ソ so
た行	た タ ta	ち チ chi	つ ツ tsu	て テ te	と ト to
な行	な ナ na	に ニ ni	ぬ ヌ nu	ね ネ ne	の ノ no
は行	は ハ ha	ひ ヒ hi	ふ フ fu	へ ヘ he	ほ ホ ho
ま行	ま マ ma	み ミ mi	む ム mu	め メ me	も モ mo
や行	や ヤ ya		ゆ ユ yu		よ ヨ yo
ら行	ら ラ ra	り リ ri	る ル ru	れ レ re	ろ ロ ro
わ行	わ ワ wa				を ヲ o
	ん ン n				

〔濁音・半濁音〕

が ガ ga	ぎ ギ gi	ぐ グ gu	げ ゲ ge	ご ゴ go
ざ ザ za	じ ジ ji	ず ズ zu	ぜ ゼ ze	ぞ ゾ zo
だ ダ da	ぢ ヂ ji	づ ヅ zu	で デ de	ど ド do
ば バ ba	び ビ bi	ぶ ブ bu	べ ベ be	ぼ ボ bo
ぱ パ pa	ぴ ピ pi	ぷ プ pu	ぺ ペ pe	ぽ ポ po

〔拗音〕

きゃ キャ kya	きゅ キュ kyu	きょ キョ kyo	しゃ シャ sha	しゅ シュ shu	しょ ショ sho
ちゃ チャ cha	ちゅ チュ chu	ちょ チョ cho	にゃ ニャ nya	にゅ ニュ nyu	にょ ニョ nyo
ひゃ ヒャ hya	ひゅ ヒュ hyu	ひょ ヒョ hyo	みゃ ミャ mya	みゅ ミュ myu	みょ ミョ myo
りゃ リャ rya	りゅ リュ ryu	りょ リョ ryo	ぎゃ ギャ gya	ぎゅ ギュ gyu	ぎょ ギョ gyo
じゃ ジャ ja	じゅ ジュ ju	じょ ジョ jo	びゃ ビャ bya	びゅ ビュ byu	びょ ビョ byo
ぴゃ ピャ pya	ぴゅ ピュ pyu	ぴょ ピョ pyo			

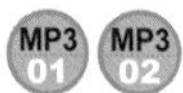

清音・鼻音表

	あ段（a）		い段（i）	
	平假名	片假名	平假名	片假名
あ行	あ	ア	い	イ
	a		i	
か行（k）	か	カ	き	キ
	ka		ki	
さ行（s）	さ	サ	し	シ
	sa		shi	
た行（t）	た	タ	ち	チ
	ta		chi	
な行（n）	な	ナ	に	ニ
	na		ni	
は行（h）	は	ハ	ひ	ヒ
	ha		hi	
ま行（m）	ま	マ	み	ミ
	ma		mi	
や行（y）	や	ヤ		
	ya			
ら行（r）	ら	ラ	り	リ
	ra		ri	
わ行（w）	わ	ワ		
	wa			
鼻音	ん	ン		
	n			

學習要點

- 就像學習英文要先學好英文字母一樣，學習日語也要先學會日語的假名。
- 日語的每個假名分別有「平假名」和「片假名」，它們的寫法雖然不同，但是唸法是相同的，例如「あ」和「ア」唸法都是「a」。
- 假名之中最基礎的是五十音，以母音和子音分門別類，母音稱作「段」，子音稱作「行」，假名的發音都是由子音和母音構成。
- 所謂「五十音」指的就是「清音」，雖然名為「五十音」，但是其實只有四十五個音喔！

う段（u）		え段（e）		お段（o）	
平假名	片假名	平假名	片假名	平假名	片假名
う	ウ	え	エ	お	オ
u		e		o	
く	ク	け	ケ	こ	コ
ku		ke		ko	
す	ス	せ	セ	そ	ソ
su		se		so	
つ	ツ	て	テ	と	ト
tsu		te		to	
ぬ	ヌ	ね	ネ	の	ノ
nu		ne		no	
ふ	フ	へ	ヘ	ほ	ホ
fu		he		ho	
む	ム	め	メ	も	モ
mu		me		mo	
ゆ	ユ			よ	ヨ
yu				yo	
る	ル	れ	レ	ろ	ロ
ru		re		ro	
				を	ヲ
				o	

● 「鼻音」在表格中雖然與「清音」放在一起，但是其實它並不算在五十音之內。

● 除了「清音」「鼻音」之外，其他還有「濁音」「半濁音」「拗音」「促音」「長音」等等，想要學好日語，有必要把這些好好背起來喔！

あ ア

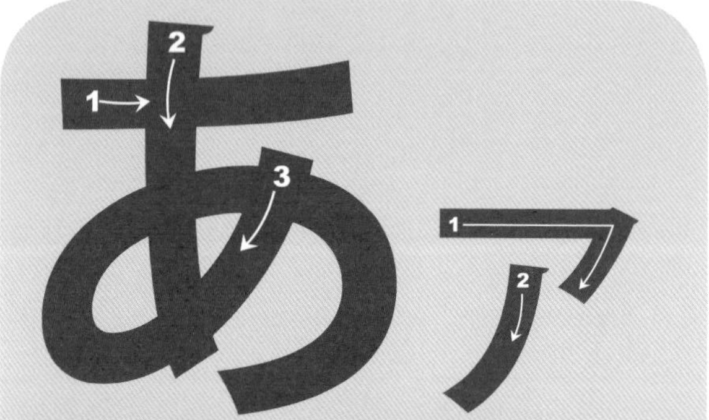

發音

a

發音重點

嘴巴自然地張開，發出類似「阿」的聲音。

寫寫看！

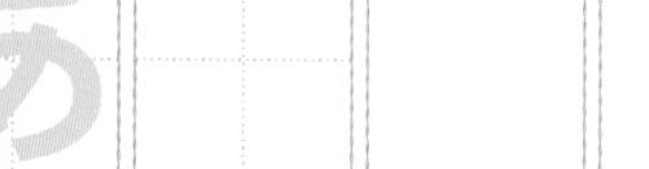

小小叮嚀！

- 第一劃為一橫線，不可以太短，要不然變成像「ぁ」，就不好看囉！
- 第二劃穿過第一劃向右微彎，注意第二筆劃的尾端，必須凸出於第三筆劃。
- 第三劃由右向左穿過第二劃之後，往上畫一個圈圈再穿過第二劃和第三劃，在右半邊畫一個半圓，左右兩邊圓弧形的地方大約齊高。

片假名也練習看看！

ア ア

あ / ア有什麼？

☆あい a.i（愛）

☆あさ a.sa（早晨）

☆あした a.shi.ta（明天）

☆アイス a.i.su（冰）

あつい！ 好熱，好燙！

a.tsu.i

MP3 03

寫寫看！

小小叮嚀！

・第一劃寫下來時，要有點弧度，然後再微微向右上方勾起！

・第二劃不要太長喔！比一點再長一些，就會剛剛好！

片假名也練習看看！

イ	イ			

い / イ 有什麼？

☆いぬ i.nu（狗）

☆いえ i.e（房子）

☆いす i.su（椅子）

☆インド i.n.do（印度）

說說看!

いくら。 多少錢？

i.ku.ra

小小叮嚀！

- 第一劃是斜斜的一橫，如果是平平的一橫的話，有可能會被誤認為片假名「ラ」，要特別小心！
- 第二劃由左往右畫一個圓弧形，如果彎下來的地方寫成尖尖的，也會被誤以為是「ラ」，而且不好看呢。

片假名也練習看看！

ウ ウ

う / ウ有什麼？

☆ うし u.shi（牛）

☆ うみ u.mi（海洋）

☆ うらない u.ra.na.i（占卜、算命）

☆ ウエスト u.e.su.to（腰）

說說看!

うれしい。 好開心。

u.re.shi.i

MP3 03

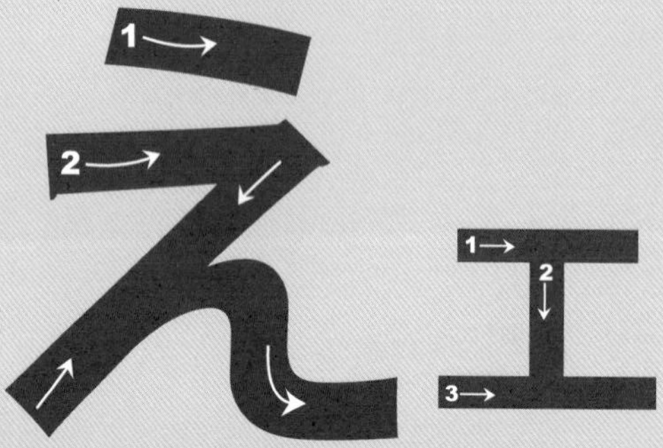

え エ

1 2 3

發音

e

發音重點

嘴唇往左右展開，舌尖抵住下排牙齒，發出類似注音符號「ㄟ」的聲音。

寫寫看！

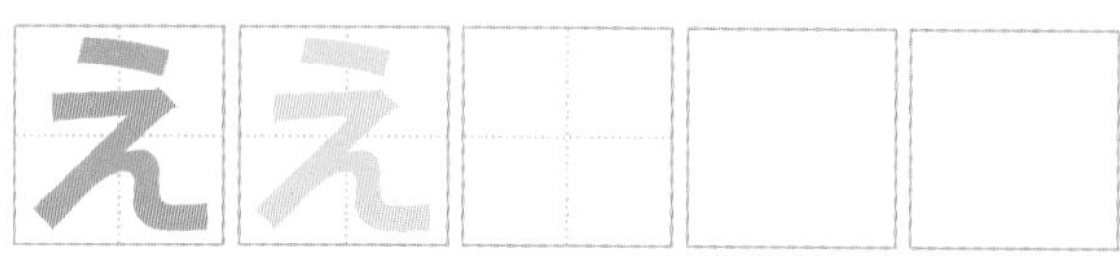

小小叮嚀！

・第一劃為一點，不是平平的一橫喔！

・第二筆劃要一氣呵成，斜往左邊的底端和右邊圓弧的地方是在同一高度上。

片假名也練習看看！

エ エ

え / エ有什麼？

☆え e（畫）

☆えき e.ki（車站）

☆えん e.n（日圓）

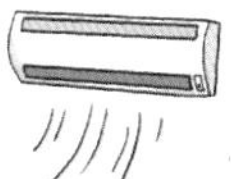

☆エアコン e.a.ko.n（空調）

えらい！ 了不起！

e.ra.i

發音

o

發音重點

嘴角向中間靠攏，形成圓圓的嘴型，發出類似「喔」的聲音。

寫寫看！

小小叮嚀！

- 第一劃是短短的一橫，太長的話，第三劃的點就沒位置啦！
- 第二筆向下書寫之後，先向左再往右畫一個圈圈，圈圈適中就好，太大或太小都不太好看！
- 第三劃是一點，在右上方、第一劃的旁邊喔。

片假名也練習看看！

オ オ

お / オ有什麼？

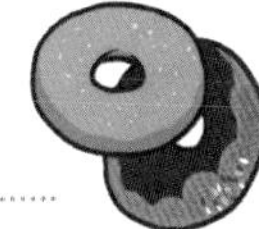

- おや o.ya（父母）
- おかし o.ka.shi（點心，零食）
- おとな o.to.na（大人）
- オイル o.i.ru（油）

おいしい。 好吃。

o.i.shi.i

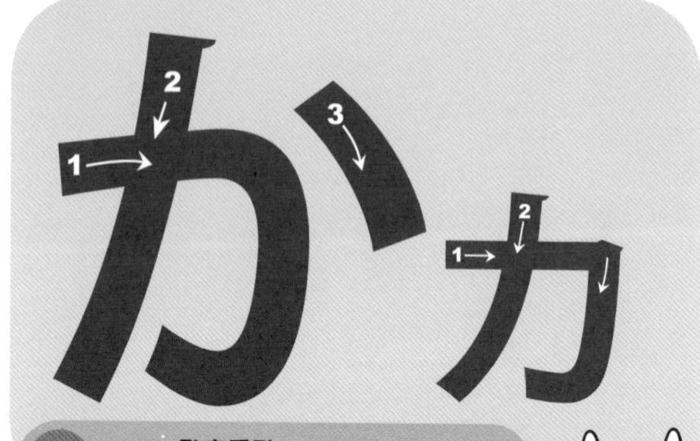

發音

ka

發音重點

嘴巴自然地張開，發出類似「咖」的聲音。

寫寫看！

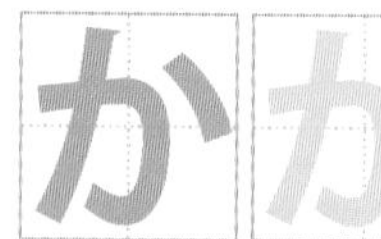

小小叮嚀！

- 第一劃彎下來之後，微微向左上方勾。
- 第二劃為一斜線，由右上往左下書寫，寫出來之後，類似中文的「力」。
- 第三劃為一點，不要離第一劃太遠喔！

片假名也練習看看！

カ カ

か / カ有什麼？

☆かさ ka.sa（傘）

☆かに ka.ni（螃蟹）

☆かえる ka.e.ru（青蛙）

☆カラオケ ka.ra.o.ke（卡拉OK）

かわいい。 可愛。

ka.wa.i.i

き キ

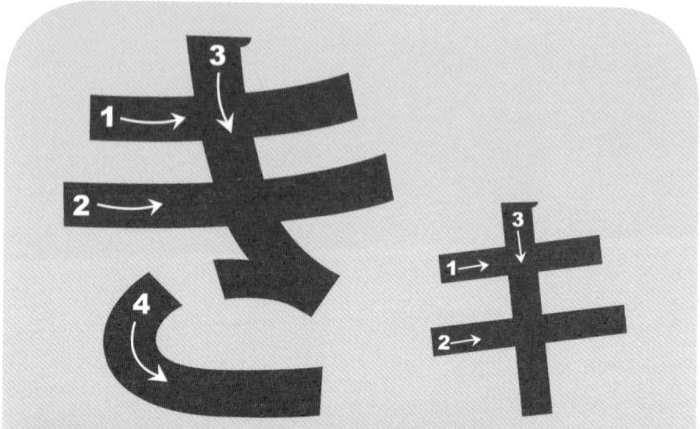

發音

ki

發音重點

嘴巴平開，發出類似台語「起床」的「起」的聲音。

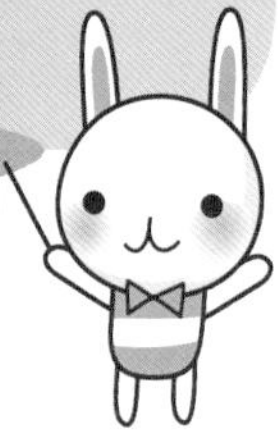

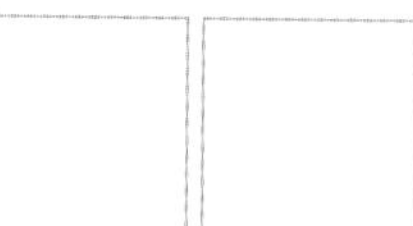

小小叮嚀！

- 寫第一劃和第二劃時，稍微斜往右上方，兩筆劃須平行，第二劃比第一劃再長一些。
- 第三劃由左上往右下寫下來，然後再往左邊凸出一點點。
- 第四劃很像延伸第三劃畫出半個扁圈圈的末端。

片假名也練習看看！

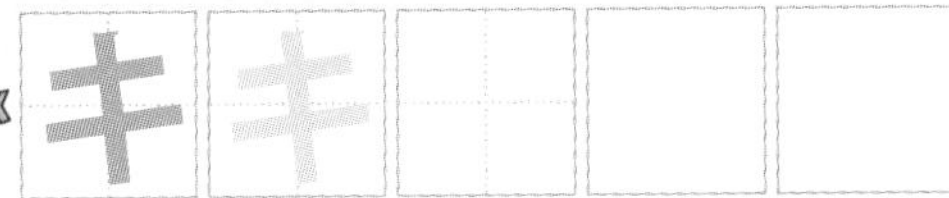

き / キ有什麼？

☆き ki（樹木）

☆きく ki.ku（菊花）

☆きもち ki.mo.chi（心情、情緒）

☆キス ki.su（接吻）

きれい。 漂亮。

ki.re.e

發音

ku

發音重點

嘴角向中間靠攏，發出類似「哭」的聲音。

寫寫看！

く く

小小叮嚀！

- 一筆劃完成，中間彎下來的地方不要太尖，但也不是圓弧形喔！
- 很像注音符號的「ㄑ」。

片假名也練習看看！

ク ク

く / ク 有什麼？

☆ くち ku.chi（嘴巴）

☆ くつ ku.tsu（鞋子）

☆ くるま ku.ru.ma（車子）

☆ クラス ku.ra.su（班級）

くやしい！ 不甘心！

ku.ya.shi.i

MP3 04

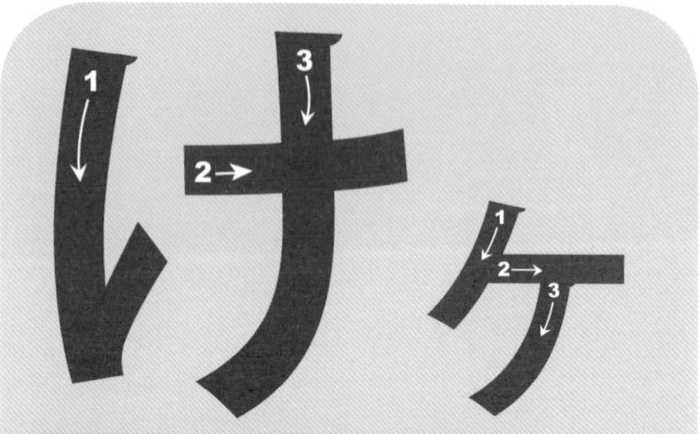

けケ

發音

ke

發音重點

嘴唇往左右展開，發出類似英文字母「K」的聲音。

寫寫看！

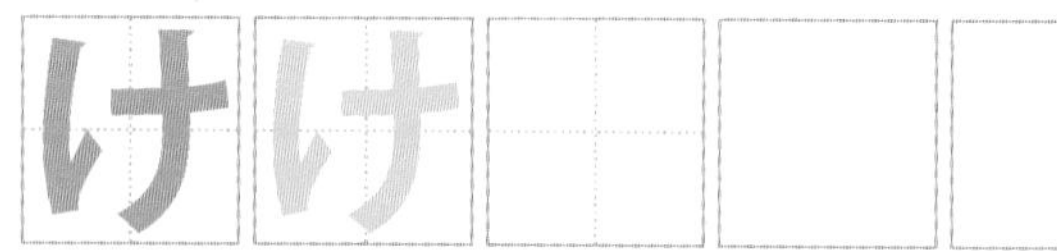

小小叮嚀！

- 第一劃有點弧度地往下劃，尾端部分向右上微勾。
- 第二劃為一橫，長短適中就好，太長或太短都不好看！
- 寫第三劃時，直線下來之後向左微彎，不是整筆劃都是彎的喔。

片假名也練習看看！

ケ ケ

け / ケ 有什麼？

☆ け ke（毛）

☆ けつい ke.tsu.i（決心）

☆ けむり ke.mu.ri（煙）

☆ ケーキ ke.e.ki（蛋糕）

說說看!

けち！ 小氣鬼！

ke.chi

MP3 04

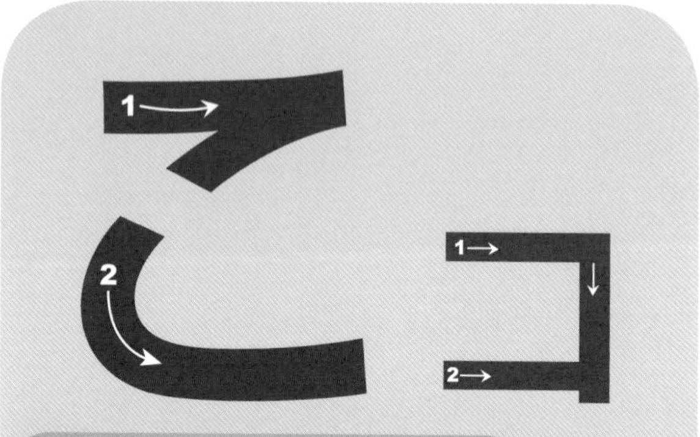

こ コ

發音

ko

發音重點

嘴唇呈圓形，發出類似台語「幾元」的「元」的聲音。

寫寫看！

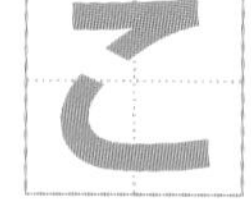

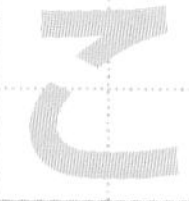

小小叮嚀！

- 第一劃的右邊向右下微勾。
- 第二劃是彎彎的由左往右寫，但不是像括號「︶」一樣那麼彎喔！

片假名也練習看看！

こ / コ 有什麼？

☆ **こえ** ko.e（聲音）

☆ **こめ** ko.me（米）

☆ **こたえ** ko.ta.e（答應、解答）

☆ **コーヒー** ko.o.hi.i（咖啡）

これ！ 這個！

ko.re

發音

sa

發音重點

嘴巴自然地張開，發出類似「撒」的聲音。

寫寫看！

さ さ

小小叮嚀！

- 這個字就像之前教過的「き」，只是兩條橫線變成一條橫線而已。
- 要特別注意的地方是第二劃和第三劃，第二劃往左邊凸出的一點點，要和第三劃有能夠連接成一個扁圈圈的感覺喔！
- 第二劃和第三劃連成一個扁圈圈的「さ」，也不算錯喔。

片假名也練習看看！

サ サ

さ / サ 有什麼？

☆ さる sa.ru（猴子）

☆ さしみ sa.shi.mi（生魚片）

☆ さくら sa.ku.ra（櫻花）

☆ サイン sa.i.n（記號、簽字）

說說看!

さいこう！ 太棒了！

sa.i.ko.o

寫寫看！

し し

小小叮嚀！

・直線先往下再向右上方勾起。

・注意勾起來的地方要有弧度，否則像片假名「レ」，那就糟糕了！

片假名也練習看看！

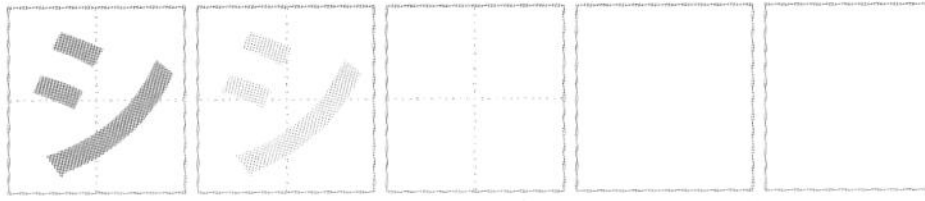

し / シ 有什麼？

✩ しお shi.o（鹽巴）

✩ しろ shi.ro（白色）

✩ しけん shi.ke.n（考試）

✩ システム shi.su.te.mu（系統、組織）

說說看！

しらない。 不知道。
shi.ra.na.i

寫寫看！

す す

小小叮嚀！

- 第一劃為一橫，可以稍微長一點。
- 第二劃直線下來之後，往左邊由下往上繞一個圈圈，圈圈繞完再回到同一條直線上，接著向下往左彎。
- 小心！如果圈圈沒有回到同一條直線上的話，有可能會被誤認為「お」喔！

片假名也練習看看！

ス	ス			

す / ス 有什麼？

☆ す su（醋）

☆ すし su.shi（壽司）

☆ すいか su.i.ka（西瓜）

☆ スタート su.ta.a.to（開始、出發）

說說看！

すみません。 對不起。

su.mi.ma.se.n

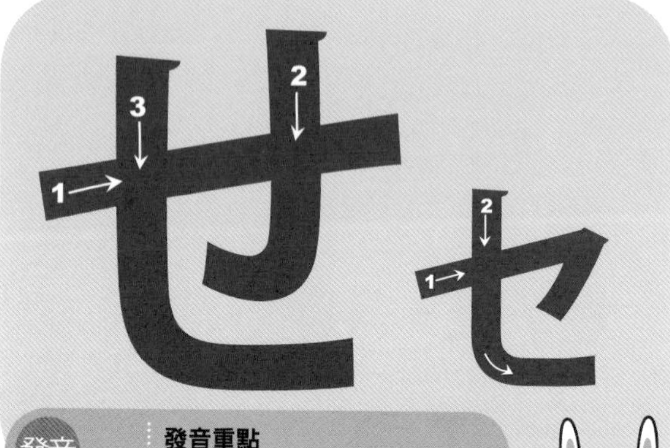

發音

se

發音重點

嘴唇往左右展開，發出類似台語「洗」的聲音。

寫寫看！

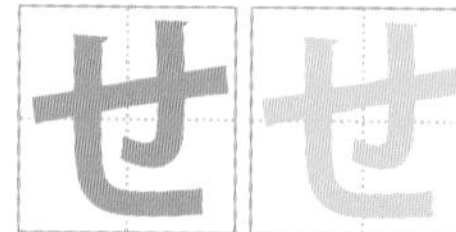

小小叮嚀！

- 第一劃為一橫線。
- 第二劃直線下來以後向左上方微勾。
- 第三劃是一直線下來向右彎，有點像是注音符號「ㄝ」。

片假名也練習看看！

せ / セ 有什麼？

- せ se（身高、後背）
- せわ se.wa（照顧）
- せかい se.ka.i（世界）
- セール se.e.ru（減價、拍賣）

說說看!

せんせい！ 老師！

se.n.se.e

寫寫看！

小小叮嚀！

・注意這個字只有一筆劃喔。

・第一筆點下去以後直接向右走，接著一氣呵成從右上往左下寫一個「ㄥ」的形狀，之後再沿著原來的橫線往左下畫一個半圓，注意這時不是「ㄥ」喔，要小心！

片假名也練習看看！

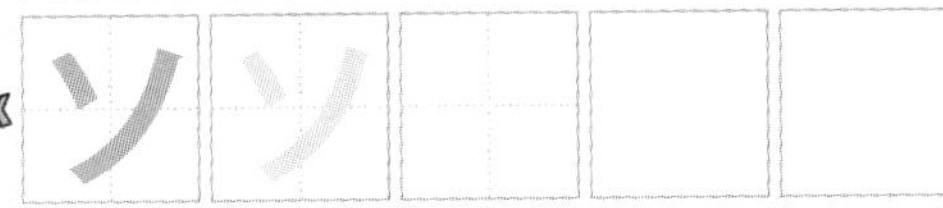

そ / ソ 有什麼？

☆ そら so.ra（天空）

☆ そと so.to（外面）

☆ そこく so.ko.ku（祖國）

☆ ソース so.o.su（醬汁）

說說看!

そのとおり！ 沒錯！

so.no to.o.ri

MP3 06

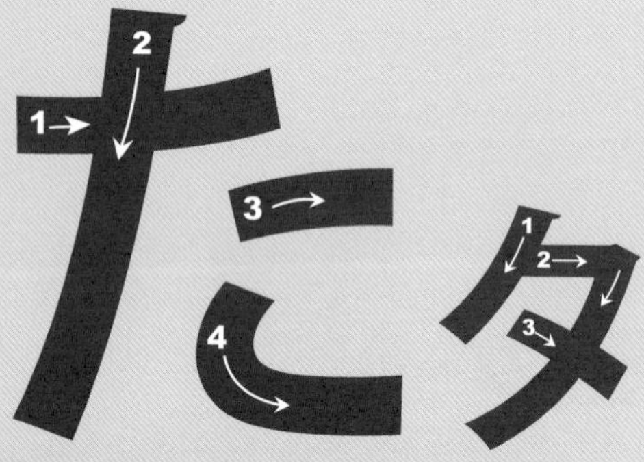

た 夕

發音

ta

發音重點

張開嘴巴，發出類似「他」的聲音。

寫寫看！

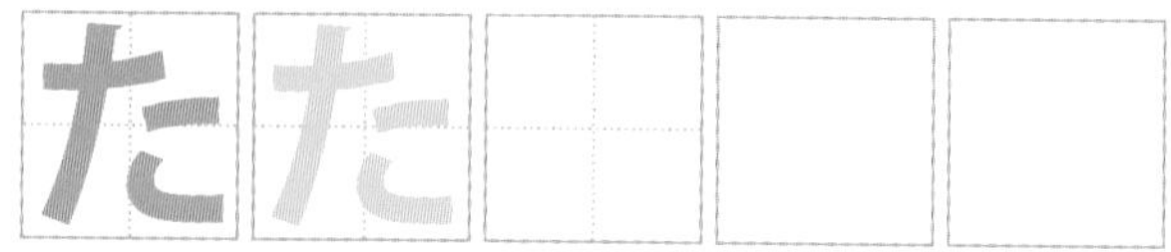

小小叮嚀！

- 第一劃不用太長，第二劃大約從第一劃的中間往左下方穿過，是一條斜線。
- 第三劃位置在第一劃的下方偏右，可以稍微彎彎的。
- 第四劃和第三劃加起來有點像是「こ」，可以用這個方式來練習喔！

片假名也練習看看！

タ タ

た / タ 有什麼？

- たこ ta.ko（章魚）
- たたみ ta.ta.mi（榻榻米）
- たこやき ta.ko.ya.ki（章魚燒）
- タオル ta.o.ru（毛巾）

說說看！

たかい。 很貴、很高。

ta.ka.i

MP3 06

ち ち

小小叮嚀！

- 第一劃為短短一橫線。
- 第二劃從第一劃中間畫下來之後，向右邊畫一個扁圈圈，但是圈圈末端沒有連在一起喔！

片假名也練習看看！

チ チ

ち / チ有什麼？

- ち chi（血）
- ちち chi.chi（家父）
- ちこく chi.ko.ku（遲到）
- チキン chi.ki.n（雞肉）

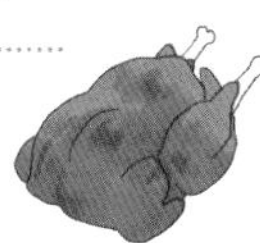

ちいさい。 很小。

chi.i.sa.i

MP3 06

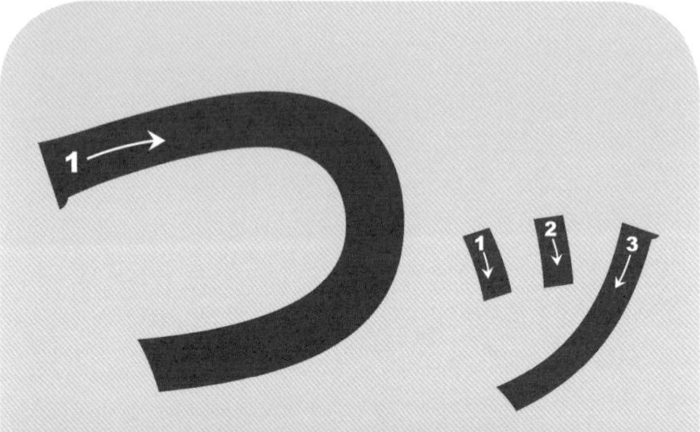

つ ツ

發音

tsu

發音重點

牙齒微微咬合，從牙齒中間迸出類似「粗」的聲音，但嘴型是扁的喔。

寫寫看！

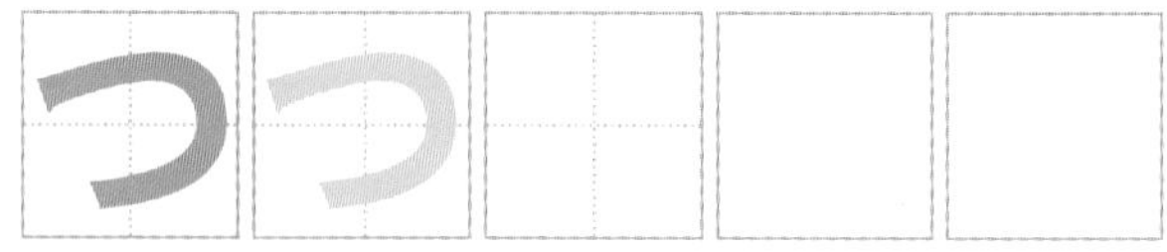

小小叮嚀！

- 這個字為一筆劃，整體看起來就像是一個扁圈圈。
- 筆劃由左斜往右邊之後，彎一個弧形下來，大約對應在上面一橫的中間就可以了。

片假名也練習看看！

ツ ツ

つ / ツ 有什麼？

☆つき tsu.ki（月亮）

☆つめ tsu.me（指甲）

☆つくえ tsu.ku.e（桌子）

☆ツアー tsu.a.a（旅行團、旅遊）

說說看！

つまらない。 無聊。

tsu.ma.ra.na.i

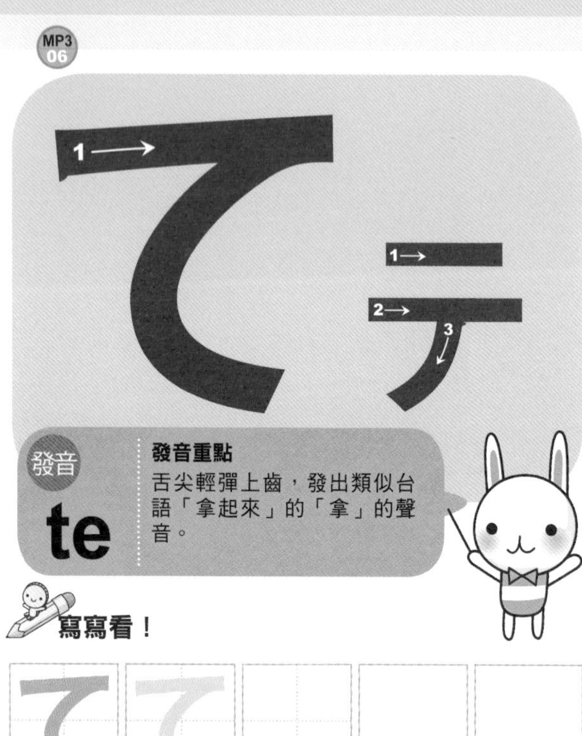

寫寫看！

て	て			

小小叮嚀！

・這個字也是一筆劃，不同的是，筆劃由左斜往右邊之後，再往左沿著原來的橫線彎一個弧形下來，形成一個半圓。

片假名也練習看看！

テ テ

て / テ有什麼？

☆て te（手）

☆てき te.ki（敵人、對手）

☆てんし te.n.shi（天使）

☆テスト te.su.to（考試）

てんさい！ 天才！

te.n.sa.i

MP3 06

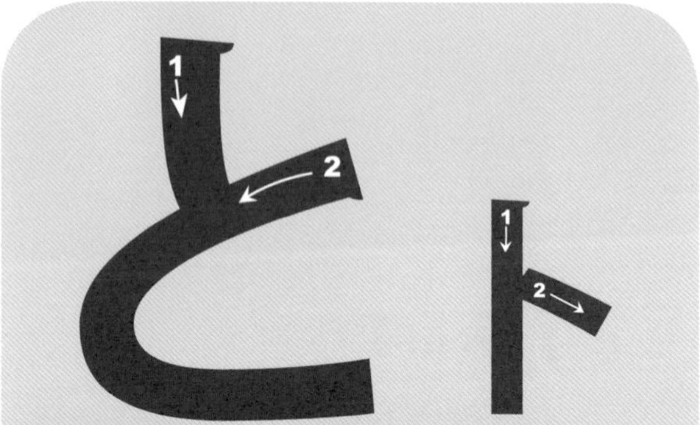

と ト

發音

to

發音重點

嘴唇呈圓形，發出類似「偷」的聲音。

寫寫看！

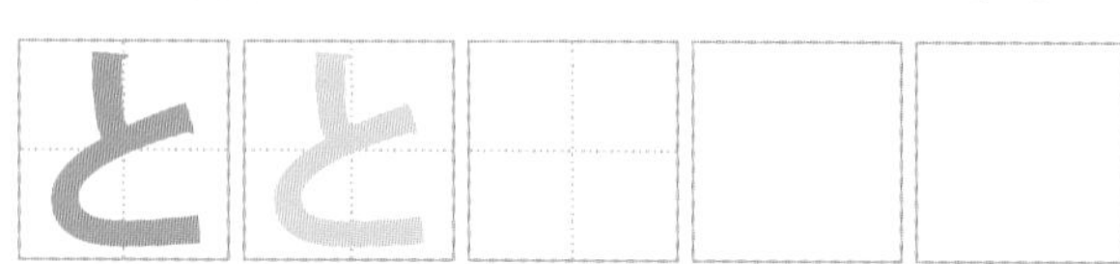

小小叮嚀！

- 第一劃不是直直的、而是微微傾斜的直線，比一點再長一些。
- 第二劃就像是注音符號的「ㄥ」，不過比較扁，彎曲的地方是圓弧的喔！

片假名也練習看看！

ト ト

と / ト 有什麼？

☆ とし to.shi（年齡）

☆ とり to.ri（鳥）

☆ とうふ to.o.fu（豆腐）

☆ トイレ to.i.re（廁所）

說說看！

とてもすき！ 非常喜歡！

to.te.mo su.ki

發音

na

發音重點

嘴巴自然地張開，發出類似「那」的輕聲。

寫寫看！

なな

小小叮嚀！

- 第一劃和第二劃就像是「た」的左半邊。
- 第三劃是右上方的點。
- 第四劃從點的下方向下往左畫一個小圈圈之後，再往右邊結束。

片假名也練習看看！

な / ナ有什麼？

☆なす na.su（茄子）

☆なつ na.tsu（夏天）

☆なまえ na.ma.e（名字）

☆ナイフ na.i.fu（小刀）

なつかしい！ 好懷念！

na.tsu.ka.shi.i

發音

ni

發音重點

舌頭抵住上齒，發出類似「你」的輕聲。

寫寫看！

に に

小小叮嚀！

- 第一劃是由上往下的微彎直線，寫到底時再往右上方輕輕勾起。
- 第二劃加第三劃就像是「こ」，這兩條短橫線要稍微彎彎的喔！

片假名也練習看看！

に / ニ 有什麼？

- にく ni.ku（肉）

- におい ni.o.i（香味）
- にほん ni.ho.n（日本）
- ニコチン ni.ko.chi.n（尼古丁）

說說看!

にんきもの。 受歡迎的人。

ni.n.ki.mo.no

寫寫看！

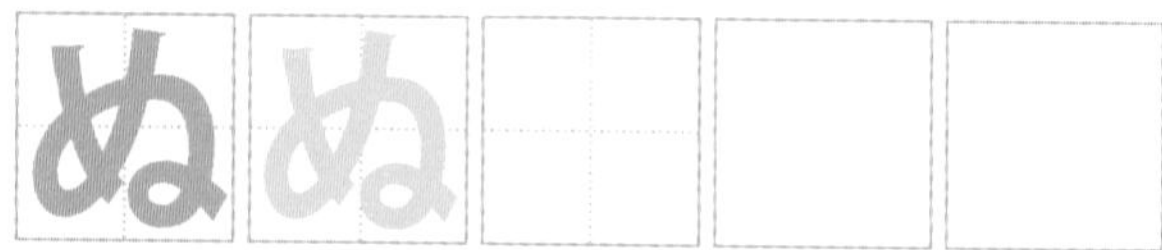

小小叮嚀！

- 第一劃往右下方寫下一條圓弧線。
- 第二劃先從右上往左下穿過第一劃之後，繞一個圈圈再穿過第一劃和第二劃，在右半邊畫一個半圓，接著再畫一個扁圈圈由左往右穿過半圓的弧線。

片假名也練習看看！

ヌ ヌ

ぬ / ヌ 有什麼？

☆ **ぬの** nu.no（布）

☆ **ぬま** nu.ma（沼澤）

☆ **ぬりえ** nu.ri.e（著色畫（本））

☆ **ヌード** nu.u.do（裸體）

ぬすまれた。 被偷了。

nu.su.ma.re.ta

MP3 07

發音

ne

發音重點

嘴巴向左右微開，發出類似「ㄋㄟ」的聲音。

寫寫看！

ね ね

小小叮嚀！

- 第一劃是一豎。
- 第二劃先寫一短橫線凸出第一劃一點點之後，再向左下穿過第一劃寫一斜線，接著拉起往右邊第三次穿過第一劃向右半邊畫一個半圓，就像是「ぬ」的右邊一樣。

片假名也練習看看！

ネ ネ

ね / ネ有什麼？

☆ねこ ne.ko（貓）

☆ねつ ne.tsu（熱、發燒）

☆ねつい ne.tsu.i（熱情）

☆ネクタイ ne.ku.ta.i（領帶）

說說看！

ねむい。 想睡覺。

ne.mu.i

MP3 07

の ノ

發音

no

發音重點

嘴唇呈圓形，發出類似英文「NO」的輕聲。

寫寫看！

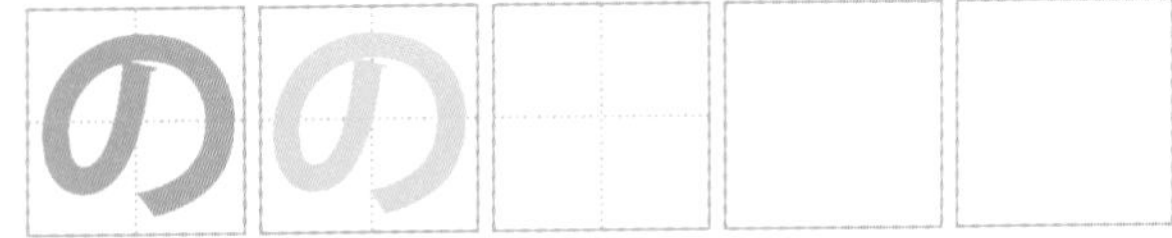

小小叮嚀！

- 這個字只有一筆劃。
- 從中間往左邊寫下一斜線之後，由下往上畫一個繞過斜線頂點的圓圈，但是注意末端沒有連接在一起喔！

片假名也練習看看！

ノ ノ

の / ノ 有什麼？

☆のり no.ri（海苔、膠水）

☆のりもの no.ri.mo.no（交通工具）

☆のみもの no.mi.mo.no（飲料）

☆ノート no.o.to（筆記本）

說說看!

のろま！ 真遲鈍！

no.ro.ma

MP3 08

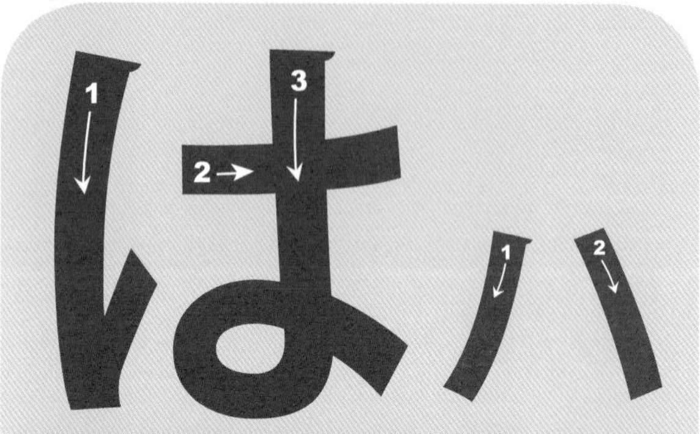

はハ

發音

ha

發音重點

張開嘴巴，發出類似「哈」的聲音。

寫寫看！

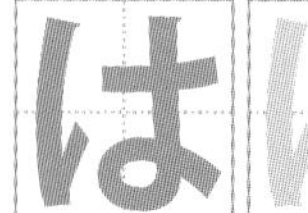

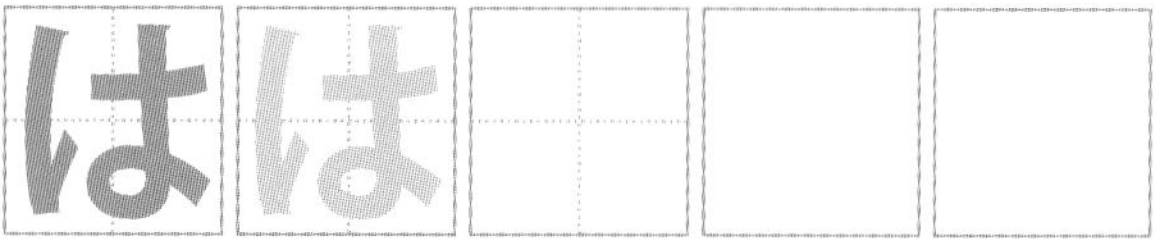

はは

小小叮嚀！

- 第一劃和「に」的左半邊一樣，是有點彎曲的直線微微往右上方勾起。
- 第二劃為一橫線，第三劃從第二劃的中間偏右邊穿過，尾端就像是「な」的右下方一樣，有個扁圈圈。

片假名也練習看看！

ハ ハ

は / ハ有什麼？

☆は ha（牙齒）

☆はは ha.ha（家母）

☆はなし ha.na.shi（話、談話）

☆ハワイ ha.wa.i（夏威夷）

說說看！

はい。 是的。
ha.i

MP3 08

發音

hi

發音重點

嘴角往兩側延展，發出類似台語「希」的聲音。

寫寫看！

ひ ひ

小小叮嚀！

・這個字只有一筆劃。

・有點像是英文的「U」，但是必須先寫短短一橫，再寫有點傾斜的「U」，最後再往右下方寫下一斜線。

片假名也練習看看！

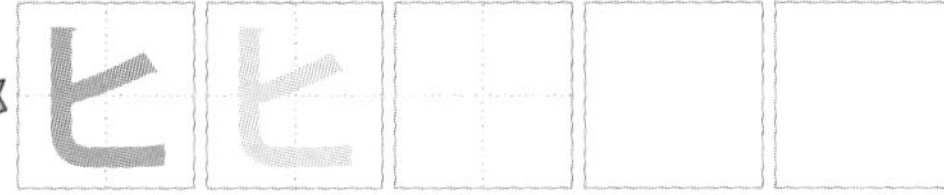

ひ/ヒ有什麼？

☆ひと hi.to（人）

☆ひま hi.ma（閒暇）

☆ひみつ hi.mi.tsu（祕密）

☆ヒント hi.n.to（暗示、提示）

說說看!

ひとやすみ。 休息一下。

hi.to ya.su.mi

MP3 08

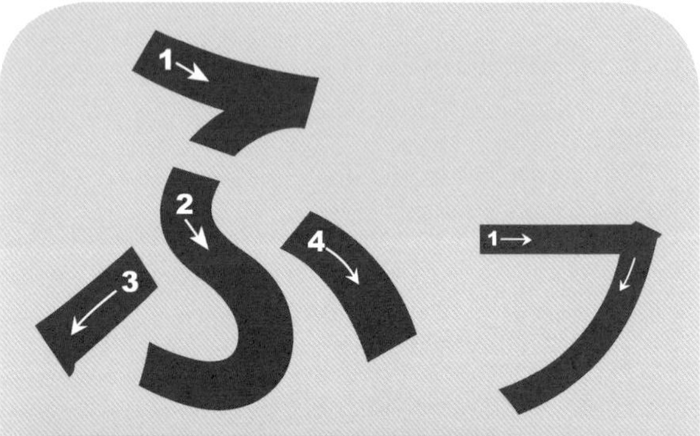

ふ フ

發音

fu

發音重點

以扁唇發出類似「呼」的聲音。

寫寫看！

小小叮嚀！

- 第一劃是一點，而第二筆劃是在第一劃的下面往左上一勾，第一劃和第二劃有點像是沒連在一起的「了」。
- 第三劃是在第二劃的左邊寫下一點。
- 第四劃是在第二劃的右邊寫下一點。

片假名也練習看看！

フ フ

ふ / フ有什麼？

☆ふく fu.ku（衣服）

☆ふた fu.ta（蓋子）

☆ふくろ fu.ku.ro（袋子）

☆フライ fu.ra.i（油炸食品）

說說看!

ふつう。 普通。

fu.tsu.u

MP3 08

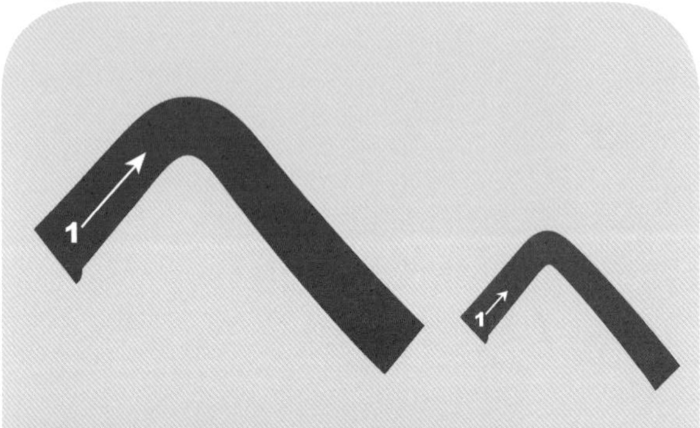

へ

發音

he

發音重點

嘴角往左右拉平，發出類似「黑」的聲音。

寫寫看！

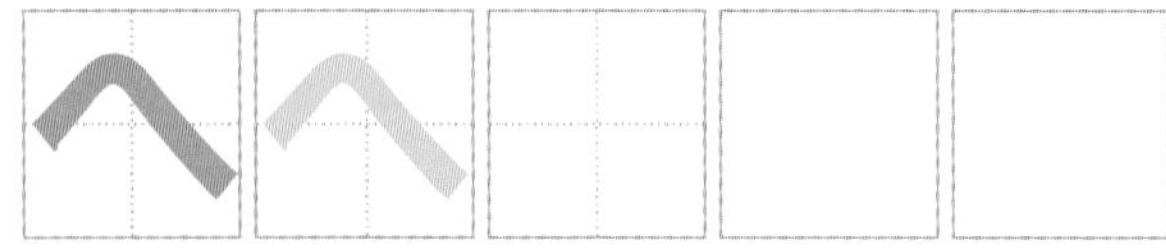

小小叮嚀！

- 這個字只有一筆劃。
- 往右上寫短短一橫之後，再往右下寫一斜線，有點像是注音符號「ㄟ」，但是比較扁平喔。

片假名也練習看看！

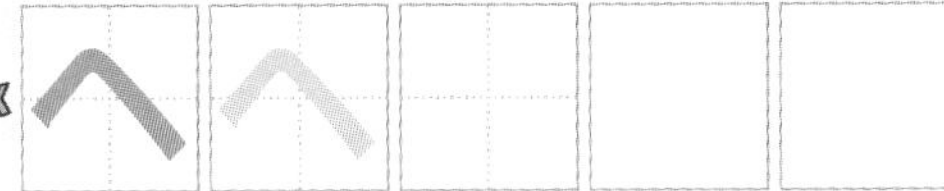

へ / ヘ 有什麼？

- へや he.ya（房間）
- へた he.ta（笨拙、不擅長）
- へちま he.chi.ma（絲瓜）
- ヘア he.a（頭髮、毛）

へとへと。 非常疲倦。

he.to.he.to

ほ ホ

發音

ho

發音重點

嘴唇呈圓形，發出類似台語「下雨」的「雨」的聲音。

寫寫看！

ほ ほ

小小叮嚀！

- 第一劃和「は」的左半邊一樣，是有點彎曲再微微往右上方勾的直線。
- 第二劃和第三劃為平行的橫線，第四劃從第三劃的中間偏右邊穿過，和「は」的第三劃一樣。

片假名也練習看看！

ホ ホ

ほ / ホ有什麼？

☆ほし ho.shi（星星）

☆ほん ho.n（書）

☆ほたる ho.ta.ru（螢火蟲）

☆ホット ho.t.to（熱的）

說說看!

ほんとう。 真的。

ho.n.to.o

MP3 09

發音

ma

發音重點

嘴巴自然地張開，發出類似「嗎」的聲音。

寫寫看！

まま

小小叮嚀！

- 第一劃和第二劃是兩條平行的橫線，但是第一劃比第二劃長一點喔！
- 第三劃從第一劃和第二劃的中間垂直劃下來之後，在底部由左往右繞一個圈圈。

片假名也練習看看！

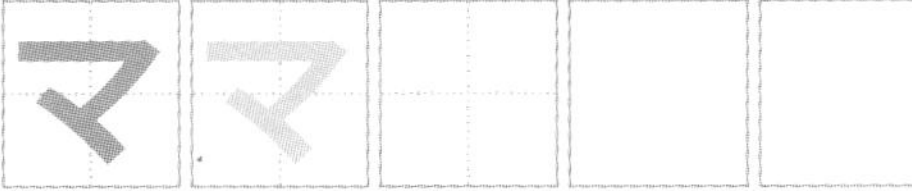

ま / マ 有什麼？

☆まえ ma.e（前面）

☆まね ma.ne（模仿）

☆まくら ma.ku.ra（枕頭）

☆マイク ma.i.ku（麥克風）

說說看！

まかせて！ 交給我！

ma.ka.se.te

發音 mi

發音重點
嘴唇微微閉合，發出類似「咪」的聲音。

寫寫看！

みみ

小小叮嚀！

- 這個字看起來複雜，其實只有兩劃喔！
- 第一劃是短短一橫，接著往左下方先寫下長長的斜線，再由左往右畫一個小圈圈，末端收在右半邊，凸出來的斜線可以長一點。
- 第二劃是弧線，微彎地穿過第一劃在右半邊的斜線。

片假名也練習看看！

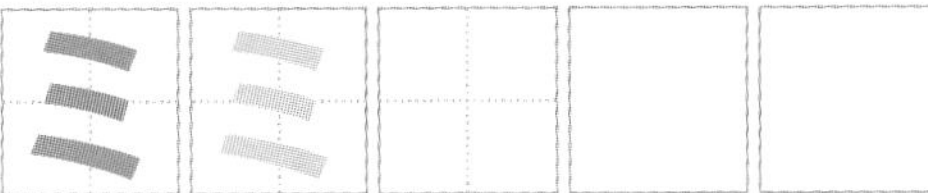

み / ミ 有什麼？

- みみ mi.mi（耳朵）
- みせ mi.se（商店）
- みそしる mi.so.shi.ru（味噌湯）
- ミルク mi.ru.ku（牛奶）

說說看！

みて！ 你看！

mi.te

MP3 09

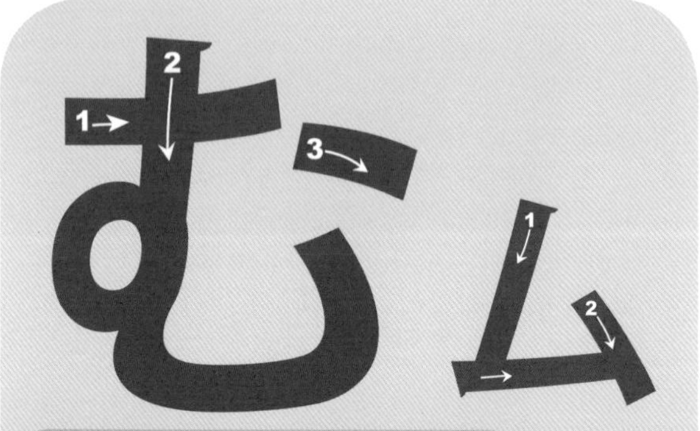

む ム

發音

mu

發音重點

嘴角向中間靠攏，發出類似「木」的輕聲。

寫寫看！

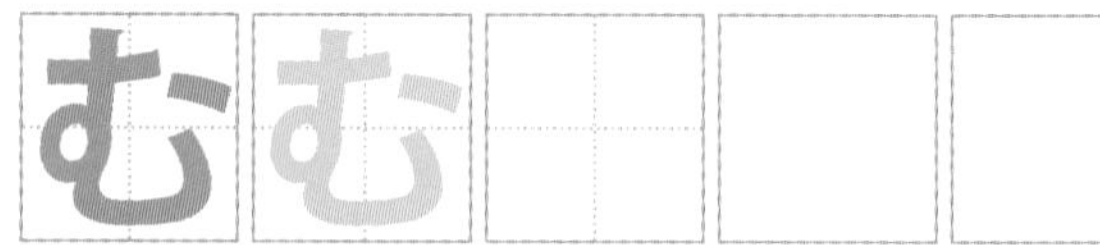

小小叮嚀！

- 第一劃為短短的一橫。
- 第二劃從第一劃的中間寫下來之後，大約在中間的位置由下往上畫一個圈圈，接著回到原來的直線上向下轉往右邊勾起。
- 第三劃為一點，在第一劃的右邊。

片假名也練習看看！

ム ム

む / ム有什麼？

- むし mu.shi（蟲）
- むすこ mu.su.ko（兒子）
- むすめ mu.su.me（女兒）
- ムービー mu.u.bi.i（電影）

說說看!

むなしい。 很空虛。

mu.na.shi.i

發音

me

發音重點
嘴巴扁平，發出類似「妹」的輕聲。

寫寫看！

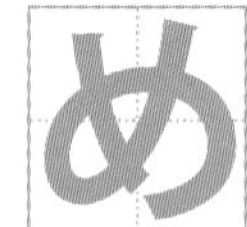

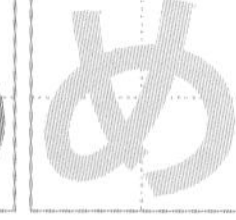

小小叮嚀！

- 這個字有點像是「ぬ」的左半邊。
- 第一劃從左上到右下寫一斜線。
- 第二劃從右上往左下穿過第一劃之後，繞一個圈圈再穿過第一劃和第二劃，在右半邊畫一個半圓，注意半圓的尾端大約與左半邊的圈圈等高。

片假名也練習看看！

め / メ 有什麼？

☆ め me（眼睛）

☆ めまい me.ma.i（暈眩）

☆ めんつ me.n.tsu（面子）

☆ メール me.e.ru（郵件）

說說看!

めめしい。 像女人似的、懦弱的。

me.me.shi.i

MP3 09

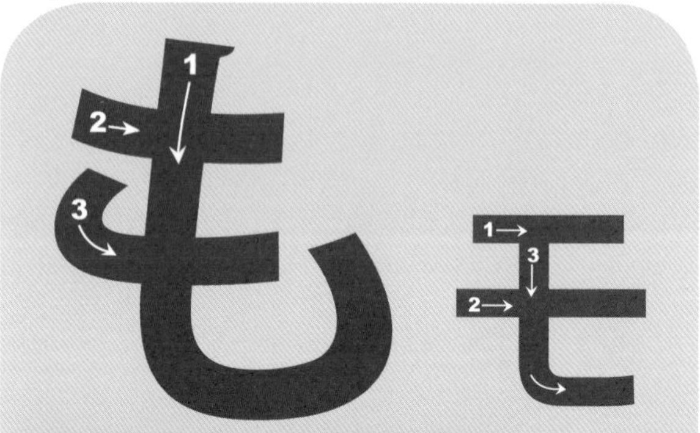

も モ

發音 mo

發音重點

嘴唇呈圓形，發出類似台語「毛」的聲音。

寫寫看！

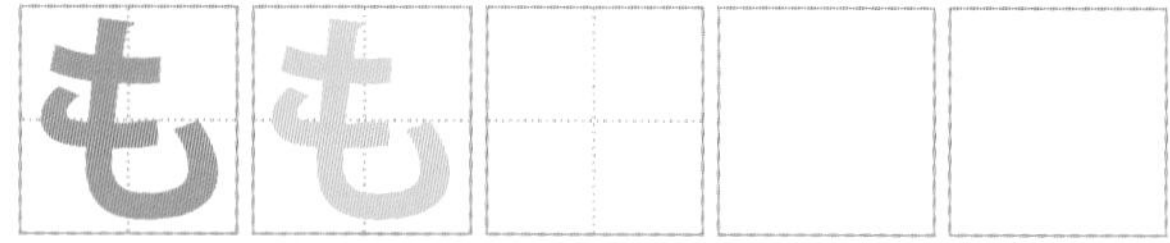

小小叮嚀！

- 注意！第一劃是中間一豎到底之後向右勾起。
- 第二劃才是第一條橫線。
- 第三劃是第二條橫線，比第二劃稍微短一點，兩條橫線平行。

片假名也練習看看！

モ モ

も / モ有什麼？

☆もも mo.mo（桃子）

☆もち mo.chi（年糕）

☆もしもし mo.shi.mo.shi（(講電話時）喂喂）

☆モデル mo.de.ru（模特兒、模型）

說說看!

もちろん！ 當然！

mo.chi.ro.n

MP3 10

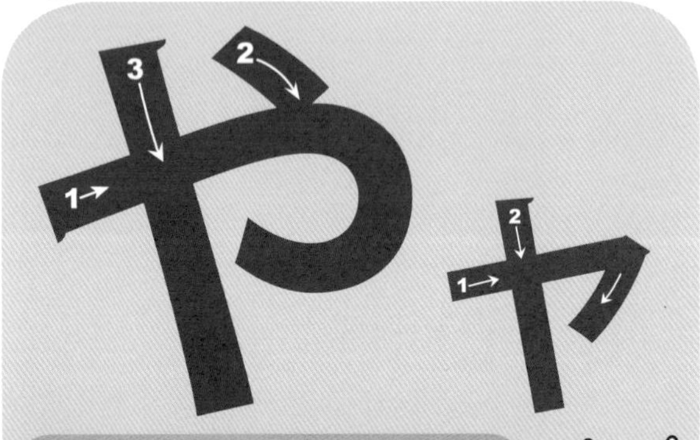

や ゃ

發音

ya

發音重點

張開嘴巴，發出類似「呀」的聲音。

寫寫看！

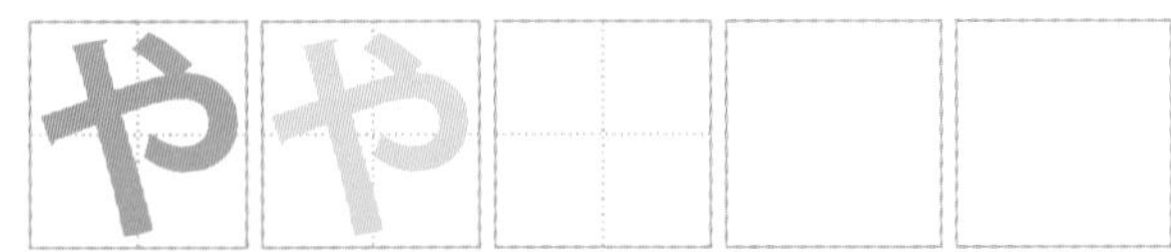

小小叮嚀！

- 第一劃從左往右向下勾起。
- 第二劃為一點，寫在第一劃右半邊的上面。
- 第三劃從第一劃左半邊的上面往右下寫一斜線。

片假名也練習看看！

や / ヤ有什麼？

- やま ya.ma（山）
- やさい ya.sa.i（蔬菜）
- やたい ya.ta.i（路邊攤）
- ヤング ya.n.gu（年輕人）

說說看！

やすい。 便宜。

ya.su.i

MP3 10

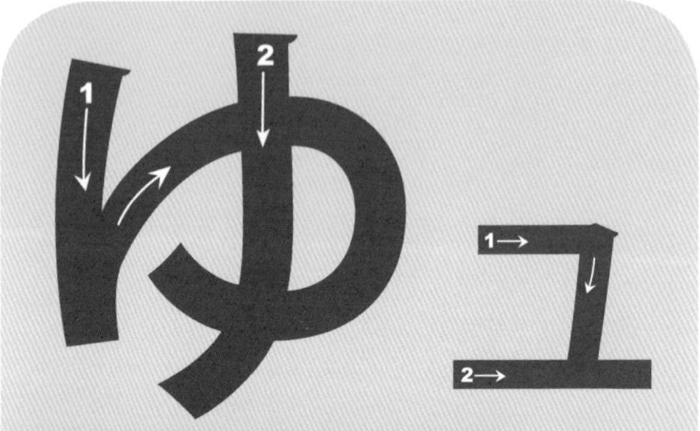

ゆ ユ

1 2

1→ 2→

發音

yu

發音重點

嘴角向中間靠攏，發出類似台語「優」的聲音。

寫寫看！

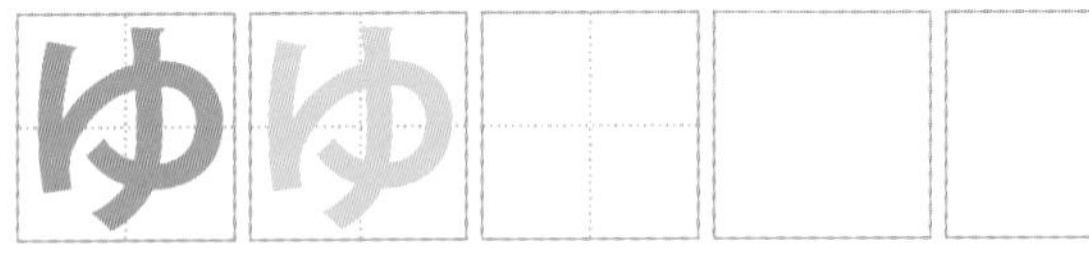

小小叮嚀！

・第一劃一豎下來之後向右邊由上往下繞一個圈圈。

・第二劃為一豎穿過圈圈的中間，接著在末端往左邊一撇。

片假名也練習看看！

ゆ / ユ 有什麼？

☆ゆき yu.ki（雪）

☆ゆめ yu.me（夢）

☆ゆのみ yu.no.mi（茶杯）

☆ユーモア yu.u.mo.a（幽默）

說說看！

ゆるして！ 原諒我！

yu.ru.shi.te

MP3 10

寫寫看！

小小叮嚀！

- 第一劃先寫偏右半邊的短橫線。
- 第二劃由上往下，先與第一劃的短橫線左端連接，接著在末端由下往上繞一個圈圈到右邊。

片假名也練習看看！

ヨ ヨ

よ / ヨ 有什麼？

☆ よる yo.ru（晚上）

☆ よみせ yo.mi.se（夜市）

☆ よなか yo.na.ka（半夜）

☆ ヨガ yo.ga（瑜珈）

說說看!

よろしく！ 多多關照！

yo.ro.shi.ku

小小叮嚀！

- 第一劃為一點。
- 第二劃寫短短一豎之後，轉向右邊由上往下畫一個圈，但是圈圈的末端沒有相連喔！

片假名也練習看看！

ララ

ら / ラ有什麼？

☆らん ra.n（蘭花）

☆らいひん ra.i.hi.n（來賓）

☆らいねん ra.i.ne.n（明年）

☆ライン ra.i.n（線）

らくらく。 輕輕鬆鬆。

ra.ku.ra.ku

MP3 11

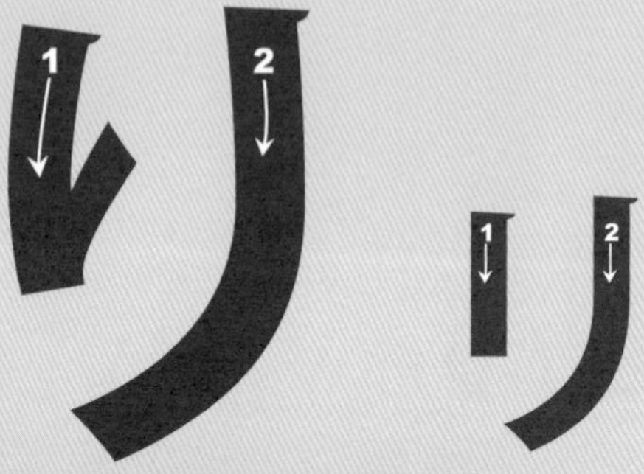

り リ

發音

ri

發音重點

舌尖輕彈上齒，發出類似「哩」的聲音。

寫寫看！

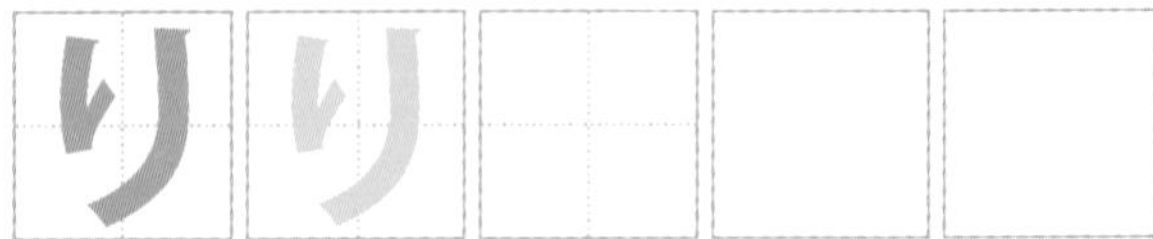

小小叮嚀！

- 第一劃是有點彎曲再微微往右上方勾的直線。
- 第二劃一豎下來向左微撇。

片假名也練習看看！

リ リ

り / リ 有什麼？

☆ りす ri.su（松鼠）

☆ りし ri.shi（利息）

☆ りきし ri.ki.shi（相撲選手）

☆ リアル ri.a.ru（現實的、真正的）

說說看!

りくつや。 愛講道理的人。

ri.ku.tu.ya

發音重點

舌尖輕彈上齒，發出類似「嚕」的聲音。

寫寫看！

るる

小小叮嚀！

- 這個字為一筆劃。
- 先寫一短橫線，接著往左下方寫長長一斜線，再往右上拉起畫一個大圓，最後在末端再畫一個小圓。

片假名也練習看看！

ルル

る / ル有什麼？

☆るす ru.su（不在家）

☆るり ru.ri（琉璃）

☆るすろく ru.su.ro.ku（語音信箱）

☆ルール ru.u.ru（規則）

るんるん！ 開開心心！

ru.n.ru.n

寫寫看！

小小叮嚀！

- 第一劃是一豎。
- 第二劃先寫一短橫線凸出第一劃一點點之後，再向左下穿過第一劃寫一斜線，接著往右拉起第三次穿過第一劃，向下寫一豎後往右勾起。
- 這個字的左半邊就和「ね」的左半邊一樣，長得有點像，別搞錯了喔。

片假名也練習看看！

レ レ

れ / レ有什麼？

☆れつ re.tsu（排隊）

☆れきし re.ki.shi（歷史）

☆れんあい re.n.a.i（戀愛）

☆レタス re.ta.su（萵苣）

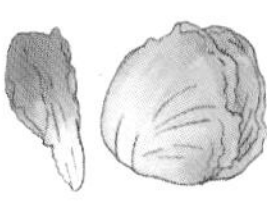

れんらくして！ 跟我聯絡！

re.n.ra.ku.shi.te

小小叮嚀！

- 這個字為一筆劃。
- 先寫一短橫線，接著往左下方寫長長一斜線，再往右拉起畫一個圈，圈圈的末端不要相連喔。
- 「ろ」和「る」不一樣，要小心辨別喔！

片假名也練習看看！

ろ / ロ 有什麼？

☆ろく ro.ku（六）

☆ろてん ro.te.n（攤販）

☆ろくおん ro.ku.o.n（錄音）

☆ロト ro.to（抽籤、彩券）

そろそろ。 時候差不多了。

so.ro.so.ro

わ ワ

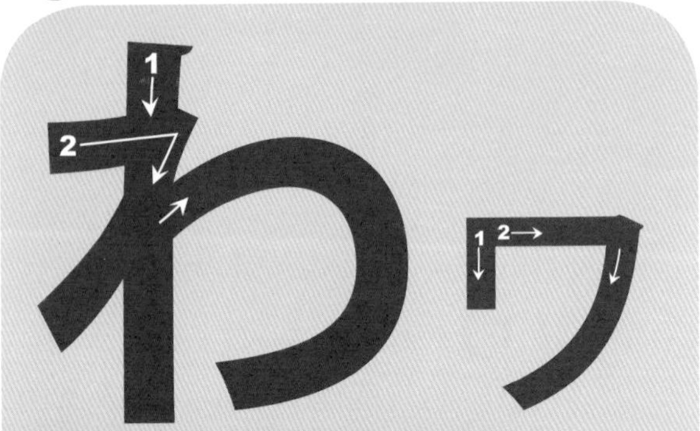

發音

wa

發音重點

嘴巴自然地張開，發出類似「哇」的聲音。

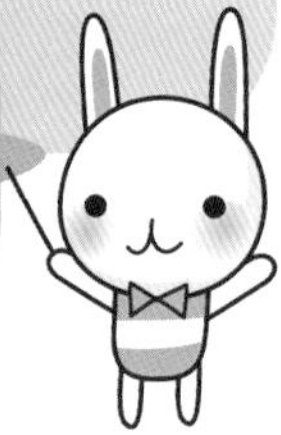

寫寫看！

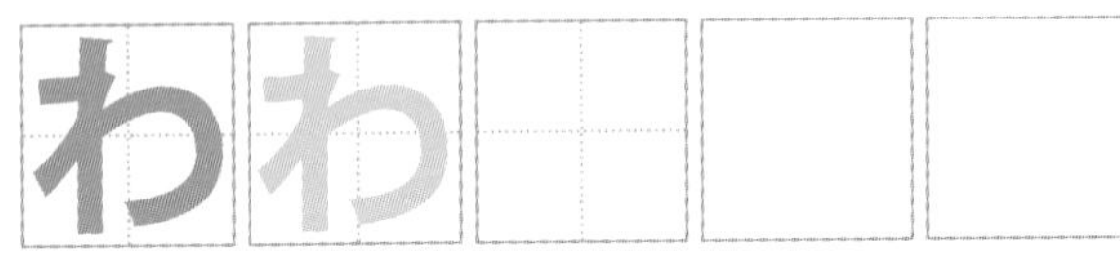

小小叮嚀！

- 這個字的左半邊就和「れ」的左半邊一樣，兩者不要搞混囉。
- 第一劃是一豎。
- 第二劃先寫一短橫線凸出第一劃一點點之後，再向左下穿過第一劃寫一斜線，接著往右上方拉起第三次穿過第一劃，在右半邊畫一個大圓。

片假名也練習看看！

ワ ワ

わ / ワ有什麼？

- わけ wa.ke（意思、理由）
- わたし wa.ta.shi（我）
- わふく wa.fu.ku（和服）
- ワイン wa.i.n（葡萄酒）

說說看!

わかる。 知道。
wa.ka.ru

MP3 12

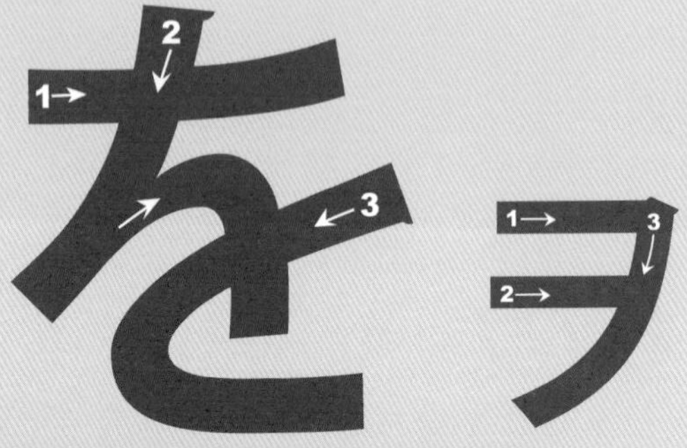

を ヲ

發音

o

發音重點

嘴唇呈圓形，發出類似「喔」的聲音。

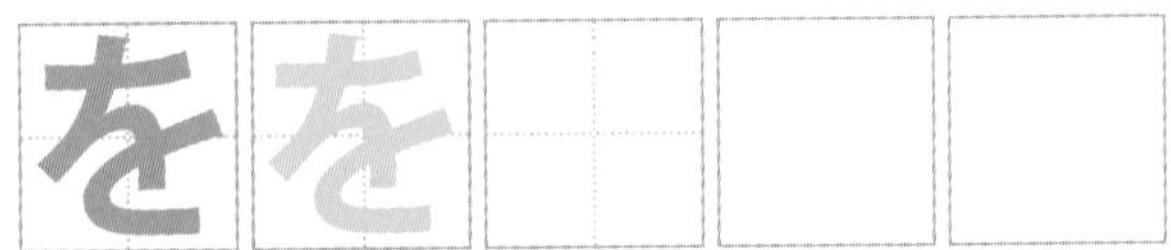

小小叮嚀！

- 第一劃為一短橫線。
- 第二劃從右上至左下穿過第一劃的中間，接著再往右上方拉起，彎一個弧之後垂直往下成短短一豎。
- 第三劃以「ㄥ」的形狀穿過第二劃的一豎，但是「ㄥ」轉彎的部分必須是圓弧形喔。

片假名也練習看看！

ヲ ヲ

を / ヲ 有什麼？

☆ てをあらう te o a.ra.u（洗手）

☆ えをかく e o ka.ku（畫圖）

☆ ぬのをきる nu.no o ki.ru（裁切布）

◆「を」僅當助詞使用，表示動作作用的對象，在單字中不會出現喔！

說說看!

ほんをよむ。 看書。

ho.n o yo.mu

MP3 13

發音 **n**

發音重點
嘴巴微張，發出類似注音符號「ㄥ」的聲音。

寫寫看！

小小叮嚀！

- 先寫一斜線，接著沿著斜線往上拉起，彎一個弧下來之後往右上方一勾。
- 這個字只有一筆劃，有點像是英文字母的「h」，但是是有點傾斜的喔！

片假名也練習看看！

ん / ン有什麼？

☆さん sa.n（三）

☆みかん mi.ka.n（橘子）

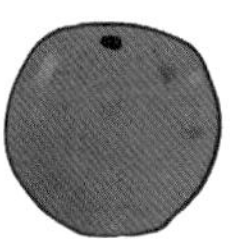

☆おんせん o.n.se.n（溫泉）

☆レストラン re.su.to.ra.n（餐廳）

說說看！

おかあさん！ 媽媽！

o.ka.a.sa.n

濁音・半濁音表

	あ段（a）			い段（i）		
	平假名		片假名	平假名		片假名
が行（g）	が	ga	ガ	ぎ	gi	ギ
ざ行（z）	ざ	za	ザ	じ	ji	ジ
だ行（d）	だ	da	ダ	ぢ	ji	ヂ
ば行（b）	ば	ba	バ	び	bi	ビ
ぱ行（p）	ぱ	pa	パ	ぴ	pi	ピ

學習要點

- 「濁音」和「半濁音」是由清音變化而來。清音的「か、さ、た、は」行在右上角加上兩個點，就變成了濁音「が、ざ、だ、ば」行；但是只有清音的「は」行在右上角加一個小圈圈，才會變成半濁音「ぱ」行。
- 濁音總共有二十個假名，但是唸法其實只有十八種。其中「ず」和「づ」的唸法相同，「じ」和「ぢ」的唸法相同，要特別注意喔！

う段（u）		え段（e）		お段（o）	
平假名	片假名	平假名	片假名	平假名	片假名
ぐ	グ	げ	ゲ	ご	ゴ
gu		ge		go	
ず	ズ	ぜ	ゼ	ぞ	ゾ
zu		ze		zo	
づ	ヅ	で	デ	ど	ド
zu		de		do	
ぶ	ブ	べ	ベ	ぼ	ボ
bu		be		bo	
ぷ	プ	ぺ	ペ	ぽ	ポ
pu		pe		po	

● 濁音的二十個假名裡，「が、ぎ、ぐ、げ、ご」這五個音還可以發「鼻濁音」喔！差別在於發出來的聲音含有鼻音。

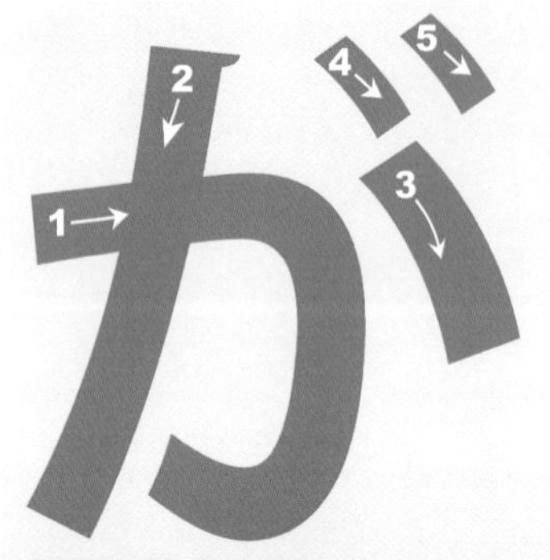

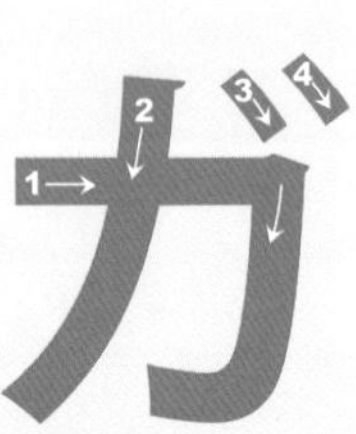

發音

ga

發音重點

張開嘴巴，發出類似「嘎」的聲音。

寫寫看！

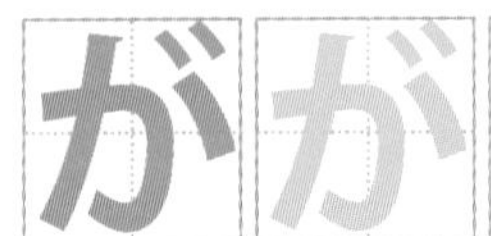

小小叮嚀！

- 依照清音「か」的筆劃順序，最後在第三劃的右上方，寫兩個點。
- 注意這兩個點要比第三劃小一點喔！

片假名也練習看看！

ガ ガ

が / ガ 有什麼？

- がか ga.ka（畫家）
- がまん ga.ma.n（忍耐）
- がいこく ga.i.ko.ku（外國）
- ガス ga.su（瓦斯）

說說看!

がんばれ！ 加油！

ga.n.ba.re

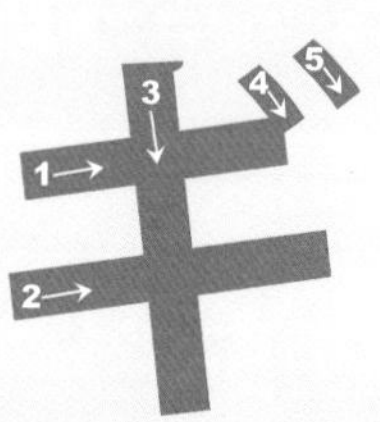

發音

gi

發音重點

嘴角往兩旁延展，發出類似台語「奇」的聲音。

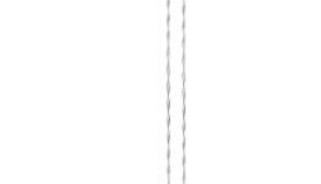

小小叮嚀！

- 依照清音「き」的筆劃順序，最後在第一劃的右上方，寫兩個點。
- 注意兩個點是在第一劃的右上方，而不是在兩條橫線的中間喔！

片假名也練習看看！

ギ ギ

ぎ / ギ有什麼？

- ぎん gi.n（銀）
- ぎもん gi.mo.n（疑問）
- ぎんこう gi.n.ko.o（銀行）
- ギター gi.ta.a（吉他）

說說看!

ぎりぎり。 極限、勉勉強強。

gi.ri.gi.ri

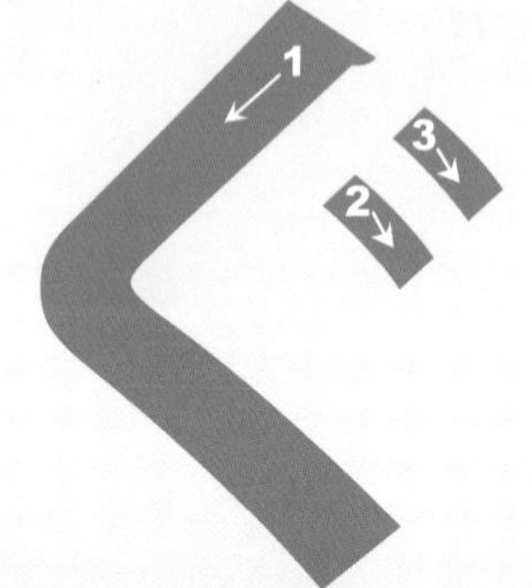

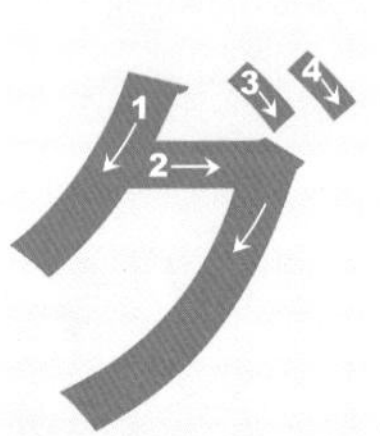

發音

gu

發音重點

嘴角向中間靠攏，發出類似「咕」的聲音。

寫寫看！

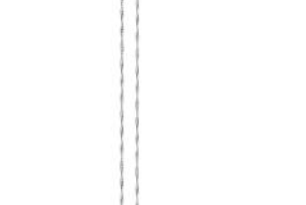

小小叮嚀！

・依照清音「く」的筆劃順序，最後在第一劃開頭的右下方，寫兩個點。

片假名也練習看看！

グ グ

ぐ / グ 有什麼？

☆ ぐ gu（配料）

☆ ぐち gu.chi（怨言）

☆ ぐあい gu.a.i（狀況、樣子）

☆ グアバ gu.a.ba（芭樂）

說說看!

ぐるぐる。 團團轉、層層纏繞。

gu.ru.gu.ru

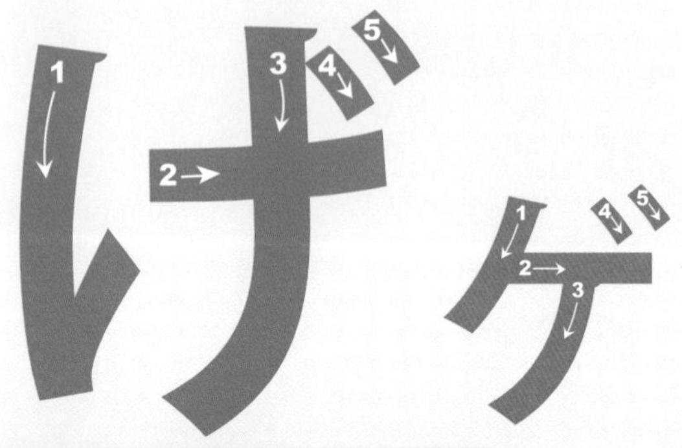

發音

ge

發音重點

嘴巴扁平，發出類似「給」的聲音。

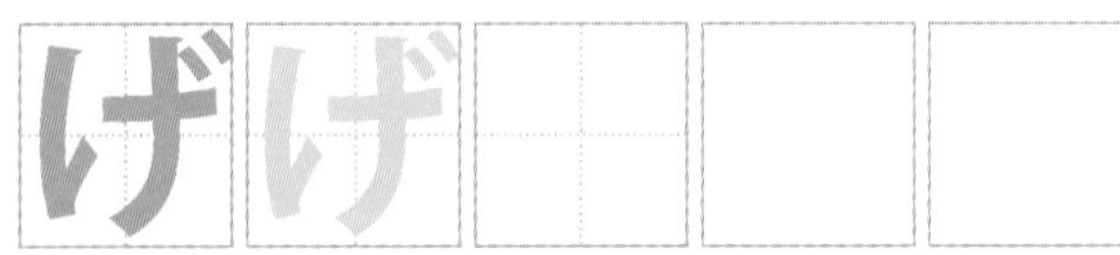

小小叮嚀！

- 依照清音「け」的筆劃順序，最後在第二劃和第三劃的右上方，寫兩個點。
- 注意兩點剛好是在第二劃和第三劃交叉部分的右上方，太高或太低都不對喔！

片假名也練習看看！

ゲ ゲ

げ / ゲ有什麼？

- げた ge.ta（木屐）
- げり ge.ri（拉肚子）
- げんかん ge.n.ka.n（玄關）
- ゲーム ge.e.mu（遊戲）

げんき。 你好嗎？
ge.n.ki

發音

go

發音重點

嘴唇呈圓形，發出類似「ㄍㄡ」的聲音。

寫寫看！

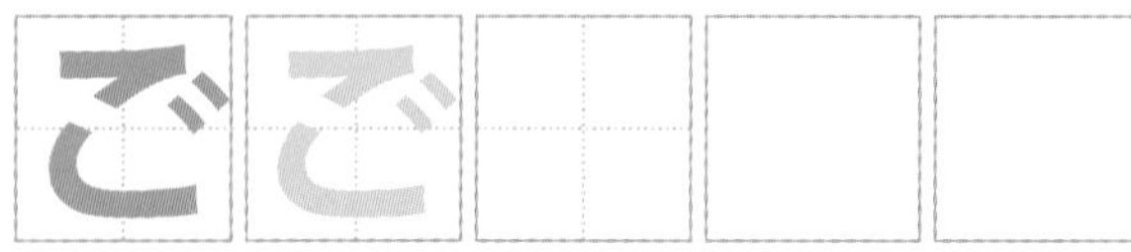

小小叮嚀！

- 依照清音「こ」的筆劃順序，最後在第一劃的右上方，寫兩個點。
- 注意兩個點是在右上方而不是右下方。

片假名也練習看看！

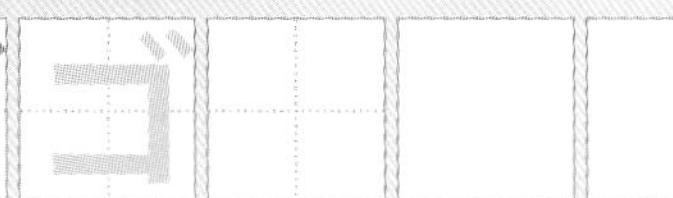

ご / ゴ有什麼？

- ごま go.ma（芝麻）
- ごみ go.mi（垃圾）
- ごはん go.ha.n（飯）
- ゴリラ go.ri.ra（大猩猩）

ごめんね。 對不起喔。

go.me.n.ne

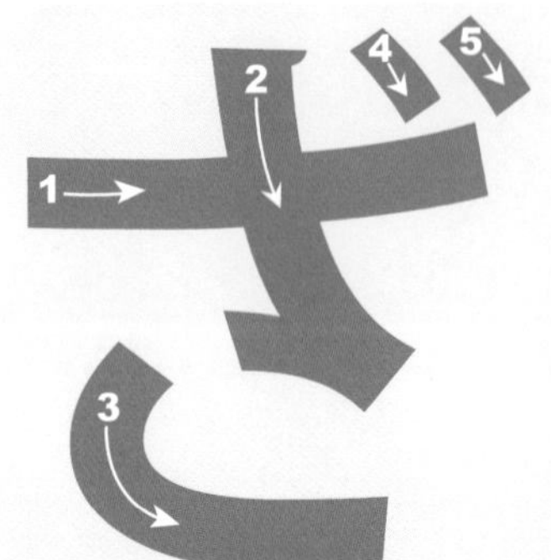

發音

za

發音重點

嘴巴自然地張開，發出類似「紮」的聲音。

寫寫看！

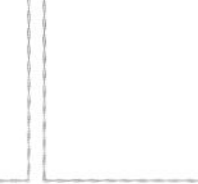

小小叮嚀！

・依照清音「さ」的筆劃順序，最後在第一劃的右上方，寫兩個點。

片假名也練習看看！

ザ ザ

ざ / ザ 有什麼？

- ざる za.ru（竹簍）
- ざいこ za.i.ko（庫存）
- ざいさん za.i.sa.n（財產）
- ザボン za.bo.n（朱欒、文旦）

說說看!

ざんねん。 可惜。

za.n.ne.n

發音

ji

發音重點

牙齒微微咬合，嘴角往兩旁延展，發出類似「機」的聲音。

寫寫看！

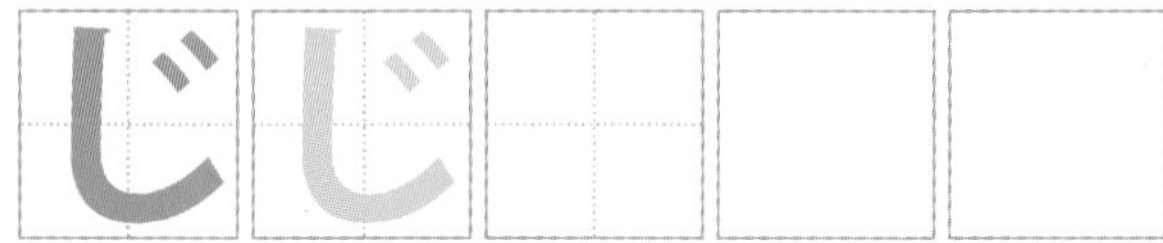

小小叮嚀！

- 依照清音「し」的筆劃順序，最後在第一劃開頭的右方，寫兩個點。
- 注意兩個點的位置不要太靠近第一劃的末端。

片假名也練習看看！

ジ ジ

じ / ジ有什麼？

- じこ ji.ko（事故）
- じしん ji.shi.n（地震）
- じまん ji.ma.n（自滿、自誇）
- ジム ji.mu（體育館、健身房）

說說看!

じぶんで。 自己來。
ji.bu.n.de

zu

發音重點

嘴角向中間靠攏，發出類似「租」的聲音，但是要注意嘴型和「す」一樣，不是嘟起來的喔！

小小叮嚀！

・依照清音「す」的筆劃順序，最後在第一劃和第二劃交叉的右上方，寫兩個點。

片假名也練習看看！

ズ ズ

ず / ズ有什麼？

☆ずつう zu.tsu.u（頭痛）

☆ずかん zu.ka.n（圖鑑）

☆ずのう zu.no.o（頭腦）

☆ズボン zu.bo.n（褲子）

說說看！

ずばり！ 一針見血！一語道破！

zu.ba.ri

發音

ze

發音重點

嘴巴扁平，發出類似台語「真多」的「多」的聲音。

寫寫看！

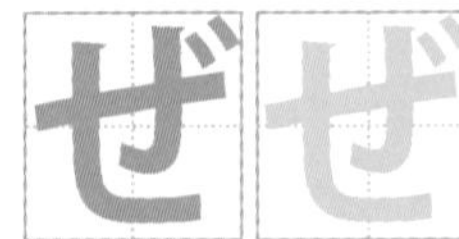

小小叮嚀！

・依照清音「せ」的筆劃順序，最後在第一劃和第二劃交叉的右上方，寫兩個點。

片假名也練習看看！

ゼ ゼ

ぜ / ゼ有什麼？

☆ ぜつぼう ze.tsu.bo.o（絕望）

☆ ぜいにく ze.e.ni.ku（贅肉）

☆ ぜいたく ze.e.ta.ku（奢侈）

☆ ゼロ ze.ro（零）

說說看！

ぜひとも！ 無論如何！

ze.hi.to.mo

MP3 17

發音

ZO

發音重點

嘴唇呈圓形，發出類似「鄒」的聲音。

寫寫看！

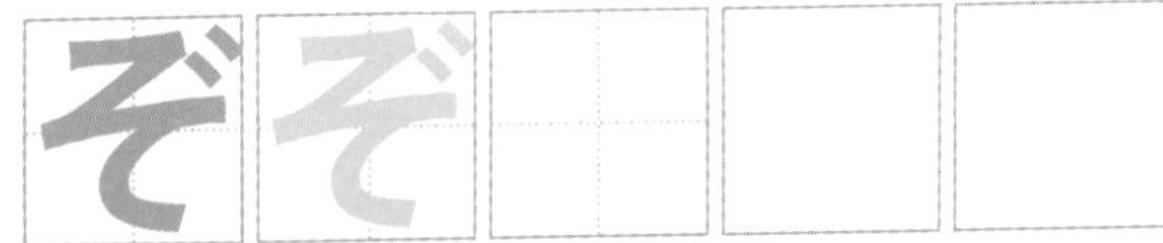

小小叮嚀！

- 依照清音「そ」的筆劃順序，最後在「ㄥ」形開口的右上方，寫兩個點。
- 注意不是在第一橫線的右上方喔！

片假名也練習看看！

ゾ ゾ

ぞ / ゾ 有什麼？

☆ ぞう zo.o（大象）

☆ ぞうり zo.o.ri（草鞋）

☆ ぞうきん zo.o.ki.n（抹布）

☆ ゾーン zo.o.n（區域）

說說看!

ぞろぞろ。 一個跟著一個、絡繹不絕。

zo.ro.zo.ro

發音

da

發音重點

嘴巴自然地張開，發出類似「搭」的聲音。

寫寫看！

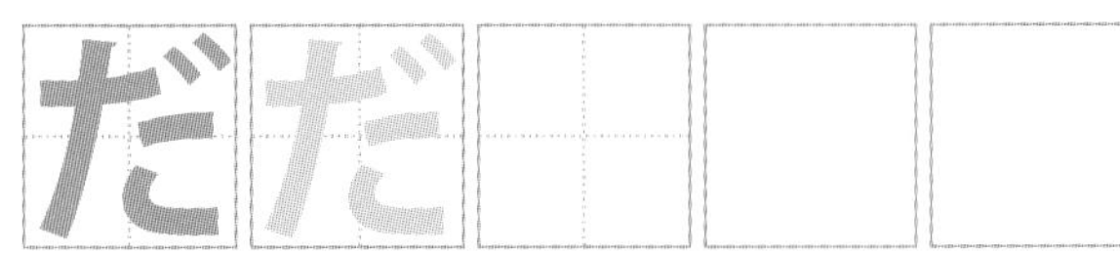

小小叮嚀！

・依照清音「た」的筆劃順序，最後在第一劃的右邊，第三劃的右上方寫兩個點。

片假名也練習看看！

ダ ダ

だ / ダ 有什麼？

- だめ da.me（不行）
- だんご da.n.go（糯米糰）
- だいこん da.i.ko.n（白蘿蔔）
- ダム da.mu（水壩）

ださい！ 真土！

da.sa.i

MP3 18

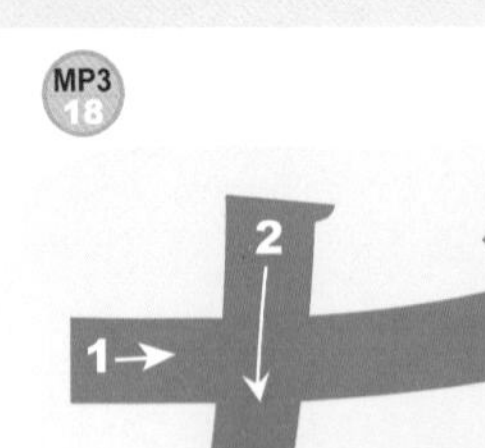

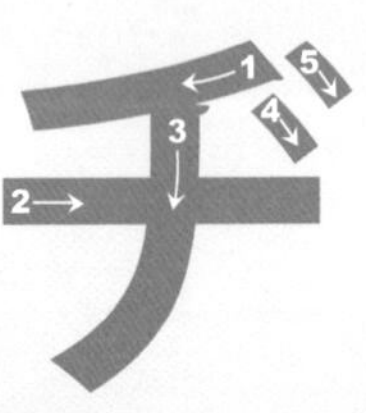

發音

ji

發音重點

牙齒微微咬合，嘴角往兩旁延展，發出類似「機」的聲音。

寫寫看！

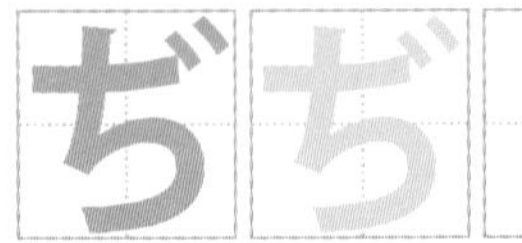

小小叮嚀！

- 依照清音「ち」的筆劃順序，最後在第一劃的右邊，寫兩個點。

片假名也練習看看！

ヂ ヂ

ぢ / ヂ有什麼？

☆まぢか ma.ji.ka（臨近、快到）

☆はなぢ ha.na.ji（鼻血）

☆ちぢれげ chi.ji.re.ge（卷毛）

☆チヂミ chi.ji.mi（韓國煎餅）

說說看!

ちぢむ。 縮水、縮短。

chi.ji.mu

發音

zu

發音重點

嘴角向中間靠攏，發出類似「租」的聲音，但是要注意嘴型和「ず」一樣，不是嘟起來的喔！

寫寫看！

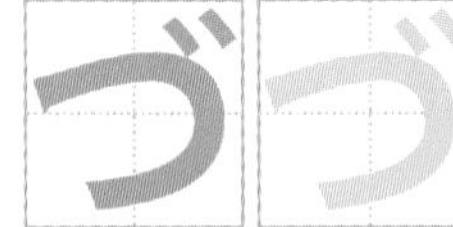

小小叮嚀！

・依照清音「つ」的筆劃順序，最後在第一劃彎曲的右上方，寫兩個點。

片假名也練習看看！

ヅ ヅ

づ / ヅ 有什麼？

- しおづけ shi.o.zu.ke（鹽漬）
- かんづめ ka.n.zu.me（罐頭）
- みかづき mi.ka.zu.ki（上弦月）
- てづくり te.zu.ku.ri（親手作、自製（的東西））

說說看!

つづく。 繼續。

tsu.zu.ku

發音
de

發音重點
舌尖輕彈上齒，發出類似台語「茶」的輕聲。

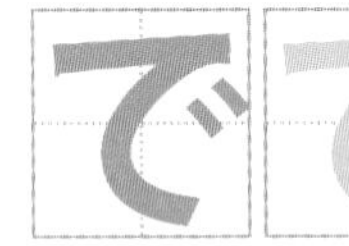

寫寫看！

で	で			

小小叮嚀！

- 依照清音「て」的筆劃順序，最後在橫線右邊末端的下方，寫兩個點。

片假名也練習看看！

デ デ

で / デ有什麼？

☆でんわ de.n.wa（電話）

☆であい de.a.i（邂逅）

☆でまえ de.ma.e（外送）

☆デジタル de.ji.ta.ru（數位）

說說看!

でたらめ。 胡說八道。

de.ta.ra.me

MP3 18

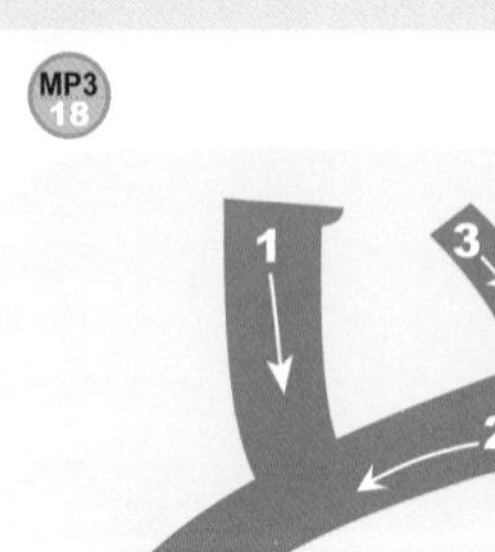

發音

do

發音重點

嘴唇呈圓形，發出類似「兜」的聲音。

寫寫看！

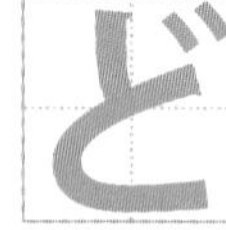  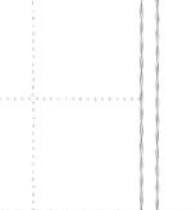 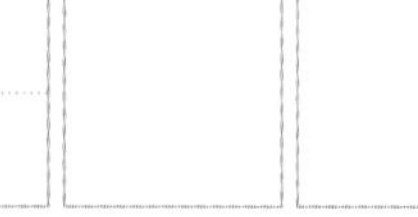

小小叮嚀！

- 依照清音「と」的筆劃順序，最後在第二劃的右上方，寫兩個點。
- 注意這兩個點的位置不是在第二劃的下方開口內喔！

片假名也練習看看！

ド ド

ど / ド 有什麼？

☆ どこ do.ko（哪裡）

☆ どろぼう do.ro.bo.o（小偷）

☆ どらやき do.ra.ya.ki（銅鑼燒）

☆ ドア do.a（門）

說說看!

どきどき。 心撲通撲通地跳。

do.ki.do.ki

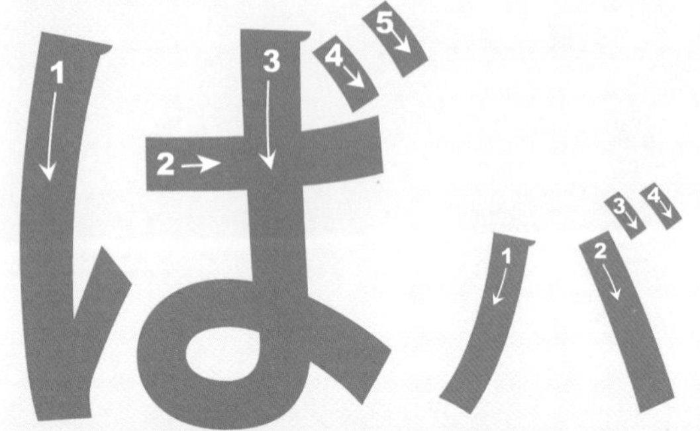

發音

ba

發音重點

嘴巴自然地張開，發出類似「巴」的聲音。

小小叮嚀！

・依照清音「は」的筆劃順序，最後在第二劃和第三劃交叉的右上方，寫兩個點。

片假名也練習看看！

バ バ

ば / バ有什麼？

☆ばら ba.ra（玫瑰）

☆ばか ba.ka（愚蠢、笨蛋）

☆ばくはつ ba.ku.ha.tsu（爆炸）

☆バケツ ba.ke.tsu（水桶）

說說看!

ばんざい！ 萬歲！

ba.n.za.i

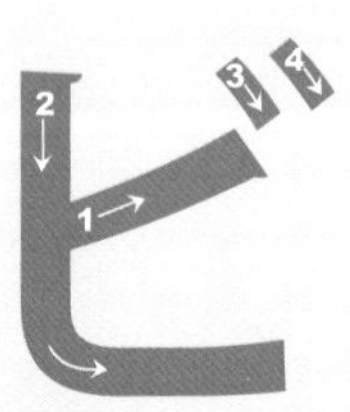

發音

bi

發音重點

嘴角往兩側延展，發出類似「逼」的聲音。

寫寫看！

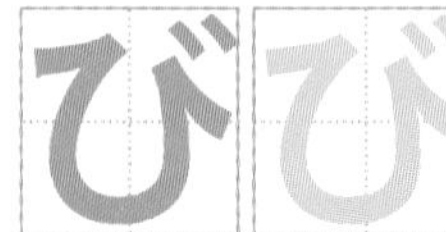

小小叮嚀！

・依照清音「ひ」的筆劃順序，最後在第一劃右邊尖尖的旁邊，寫兩個點。

片假名也練習看看！

ビ ビ

び / ビ 有什麼？

☆びり bi.ri（倒數第一）

☆びん bi.n（瓶子）

☆びじん bi.ji.n（美女）

☆ビキニ bi.ki.ni（比基尼）

說說看！

びんぼう。 貧窮。

bi.n.bo.o

發音

bu

發音重點

以扁唇發出類似「ㄅㄨ」的聲音。

寫寫看！

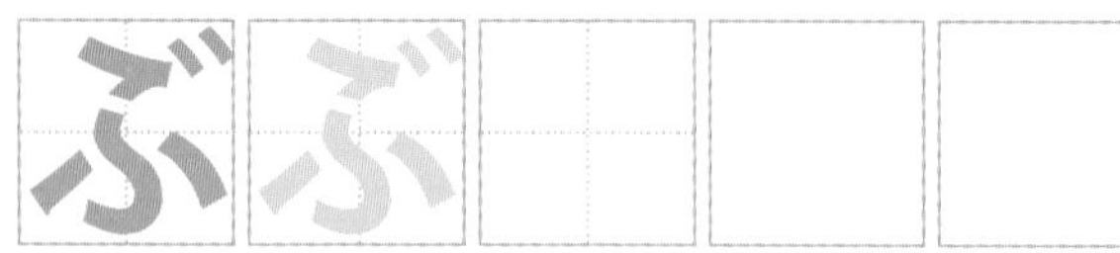

小小叮嚀！

- 依照清音「ふ」的筆劃順序，最後在第一劃的右邊，寫兩個點。
- 注意兩個點不是在第一劃和第四劃的中間喔！

片假名也練習看看！

ブ	ブ			

ぶ / ブ 有什麼？

- ぶた bu.ta（豬）
- ぶどう bu.do.o（葡萄）
- ぶたにく bu.ta.ni.ku（豬肉）
- ブラシ bu.ra.shi（刷子）

說說看!

ぶれい！ 沒有禮貌！
bu.re.e

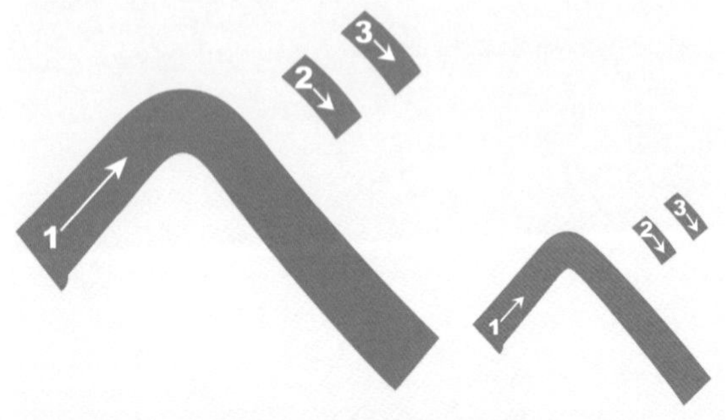

發音

be

發音重點

嘴角往左右拉平，發出類似「杯」的聲音。

寫寫看！

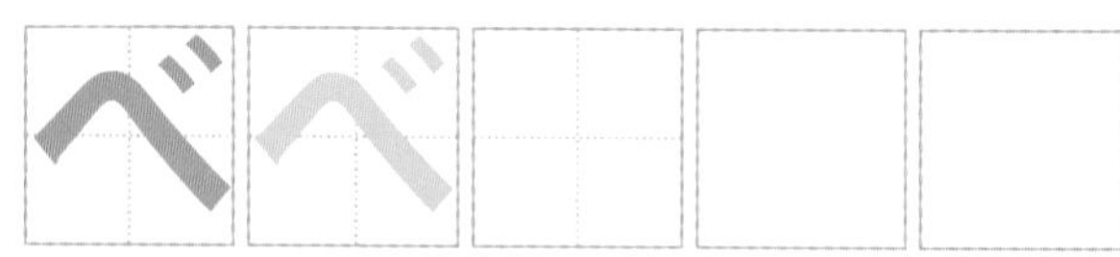

小小叮嚀！

・依照清音「へ」的筆劃順序，最後在第一劃彎曲的右邊，寫兩個點。

片假名也練習看看！

ベ ベ

べ／ベ有什麼？

☆べつ be.tsu（另外）

☆べんり be.n.ri（方便）

☆べんとう be.n.to.o（便當）

☆ベスト be.su.to（最好的、背心）

說說看！

べつに。 沒什麼。
be.tsu.ni

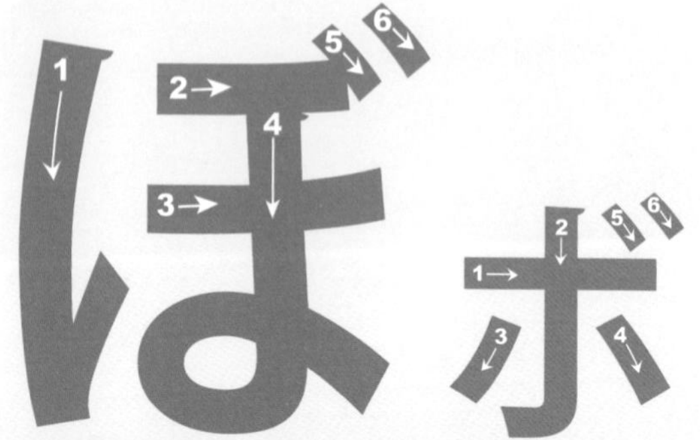

發音

bo

發音重點

嘴唇呈圓形，發出類似「剝」的聲音。

寫寫看！

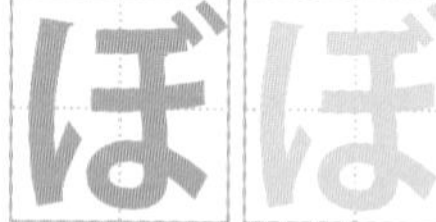

小小叮嚀！

・依照清音「ほ」的筆劃順序，最後在第二劃的右邊，寫兩個點。

・注意兩個點要在第二劃和第三劃中間的外側才會好看喔！

片假名也練習看看！

ボ ボ

ぼ / ボ有什麼？

☆ぼく bo.ku（我，男子對同輩及晚輩的自稱）

☆ぼうし bo.o.shi（帽子）

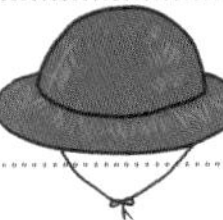

☆ぼうけん bo.o.ke.n（冒險）

☆ボタン bo.ta.n（鈕扣、按鈕）

說說看!

ぼろぼろ。 破破爛爛。

bo.ro.bo.ro

ぱ パ

發音

pa

發音重點

嘴巴自然地張開，發出類似「趴」的聲音。

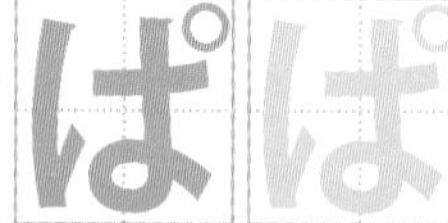

小小叮嚀！

・依照清音「は」的筆劃順序，最後在第二劃和第三劃交叉的右上方，寫一個小圈圈。

片假名也練習看看！

パ パ

ぱ / パ有什麼？

☆ぱちんこ pa.chi.n.ko（柏青哥）

☆パン pa.n（麵包）

☆パンダ pa.n.da（貓熊）

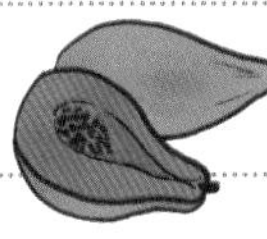

☆パパイア pa.pa.i.a（木瓜）

說說看！

ぱさぱさ。 乾巴巴地。

pa.sa.pa.sa

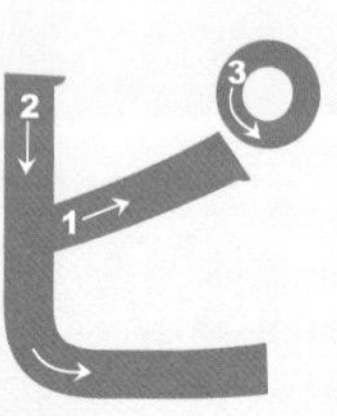

發音

pi

發音重點

嘴角往兩側延展，發出類似「匹」的聲音。

寫寫看！

<table><tr><td>ぴ</td><td>ぴ</td><td></td><td></td><td></td></tr></table>

小小叮嚀！

・依照清音「ひ」的筆劃順序，最後在第一劃右邊尖尖的旁邊，寫一個小圈圈。

片假名也練習看看！

ピ ピ

ぴ / ピ有什麼？

- えんぴつ e.n.pi.tsu（鉛筆）
- ぴかぴか pi.ka.pi.ka（閃閃發亮）
- ピアノ pi.a.no（鋼琴）
- ピンチ pi.n.chi（危機）

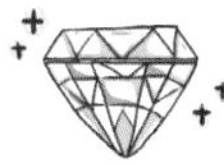

說說看!

ぴんときた！ 突然明白了!

pi.n to ki.ta

MP3 20

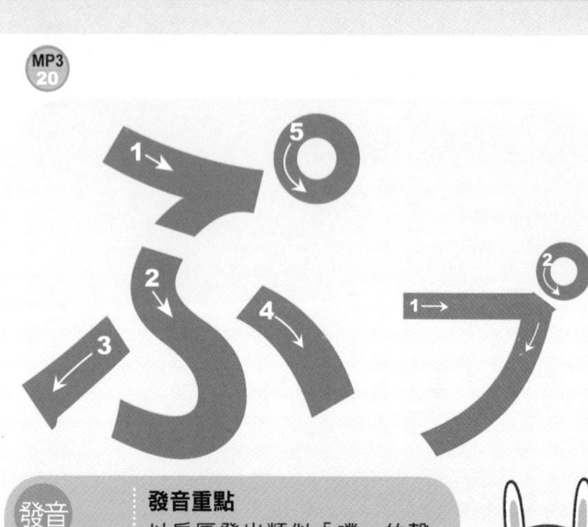

發音

pu

發音重點

以扁唇發出類似「噗」的聲音。

寫寫看！

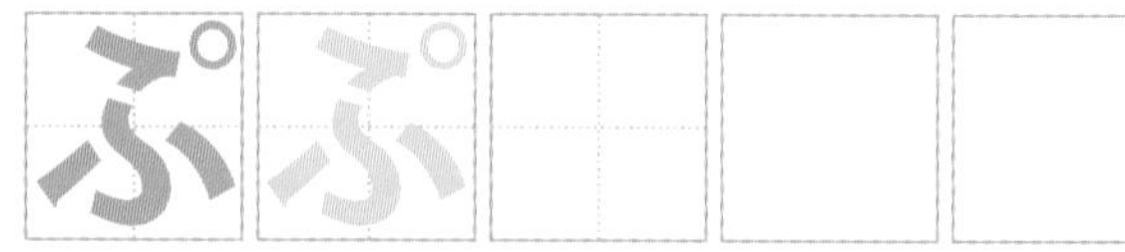

小小叮嚀！

- 依照清音「ふ」的筆劃順序，最後在第一劃的右邊，寫一個小圈圈。
- 注意小圈圈和「ぷ」的兩個點一樣，不是在第一劃和第四劃的中間喔！

片假名也練習看看！

プ プ

ぷ / プ有什麼？

☆ ぷんぷん pu.n.pu.n（怒氣沖沖地）

☆ ぷりんぷりん pu.ri.n.pu.ri.n（有彈性的）

☆ プリン pu.ri.n（布丁）

☆ プライド pu.ra.i.do（自尊心）

說說看!

ぷうたろう。 無業遊民。

pu.u.ta.ro.o

MP3 20

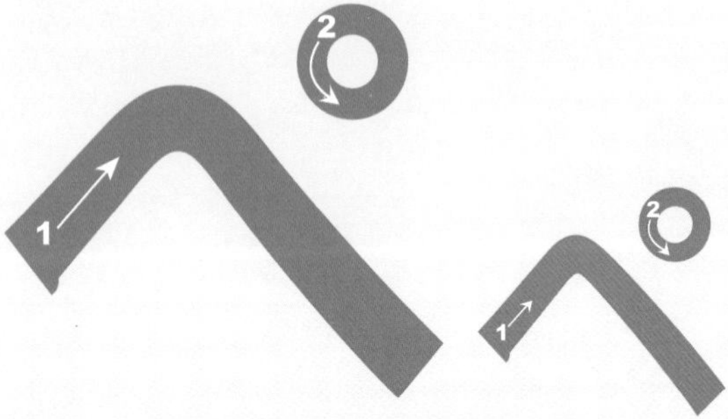

ペ

發音

pe

發音重點

嘴角往左右拉平，發出類似「胚」的聲音。

寫寫看！

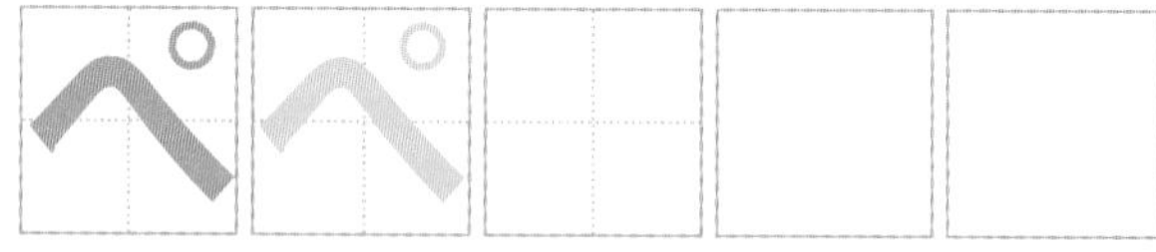

小小叮嚀！

・依照清音「へ」的筆劃順序，最後在第一劃彎曲的斜上方，寫一個小圈圈。

片假名也練習看看！

ぺ / ペ有什麼？

☆ぺろぺろ pe.ro.pe.ro（舔舌貌）

☆ペン pe.n（筆）

☆ペア pe.a（一對）

☆ペンギン pe.n.gi.n（企鵝）

說說看!

ぺこぺこ。 餓扁了。

pe.ko.pe.ko

MP3 20

發音

po

發音重點

嘴唇呈圓形，發出類似「坡」的聲音。

寫寫看！

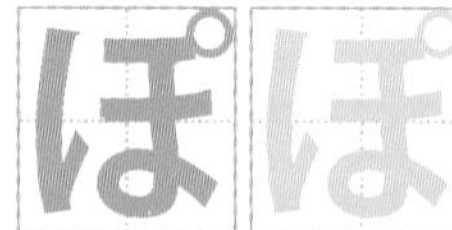

小小叮嚀！

- 依照清音「ほ」的筆劃順序，最後在第二劃的右邊，寫一個小圈圈。
- 注意小圈圈和「ぼ」的兩個點一樣，都是要在第二劃和第三劃中間的外側才會好看喔！

片假名也練習看看！

ポ ポ

ぽ / ポ有什麼？

- ぽつぽつ po.tsu.po.tsu（滴滴答答）
- ぽかぽか po.ka.po.ka（暖和）
- ポスト po.su.to（郵筒、信箱）
- ポイント po.i.n.to（重點）

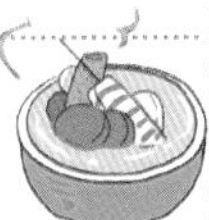

說說看!

ぽんこつ。 破破舊舊。

po.n.ko.tsu

拗音表

平假名	片假名	平假名	片假名
きゃ	キャ	きゅ	キュ
kya		kyu	
しゃ	シャ	しゅ	シュ
sha		shu	
ちゃ	チャ	ちゅ	チュ
cha		chu	
にゃ	ニャ	にゅ	ニュ
nya		nyu	
ひゃ	ヒャ	ひゅ	ヒュ
hya		hyu	
みゃ	ミャ	みゅ	ミュ
mya		myu	
りゃ	リャ	りゅ	リュ
rya		ryu	
ぎゃ	ギャ	ぎゅ	ギュ
gya		gyu	
じゃ	ジャ	じゅ	ジュ
ja		ju	
びゃ	ビャ	びゅ	ビュ
bya		byu	
ぴゃ	ピャ	ぴゅ	ピュ
pya		pyu	

學習要點

- 拗音的構成，是「い」段假名裡面除了「い」之外，其他如「き、し、ち、に、ひ、み、り、ぎ、じ、び、ぴ」幾個音，在其右下方加上字體較小的「ゃ、ゅ、ょ」，兩個音合成一個音之後，就形成了拗音。
- 一定要注意的是寫拗音時，字體較小的「ゃ、ゅ、ょ」必須寫在「い」段假名的右下方，如「きゃ」。
- 拗音的唸法，是把兩個假名的音拼在一起，例如「きゃ」（kya）這個發音，就是「き」（ki）和「や」（ya）合併來的。

平假名		片假名
きょ	kyo	キョ
しょ	sho	ショ
ちょ	cho	チョ
にょ	nyo	ニョ
ひょ	hyo	ヒョ
みょ	myo	モョ
りょ	ryo	リョ
ぎょ	gyo	ギョ
じょ	jo	ジョ
びょ	byo	ビョ
ぴょ	pyo	ピョ

● 從原本兩個假名的「きや」（ki.ya）變成的假名「きゃ」（kya），發音有點像是台語的「站」，從台語來記憶是不是好玩多了呢？拗音還有什麼其他有趣的記法？我們趕快接著看下去吧！

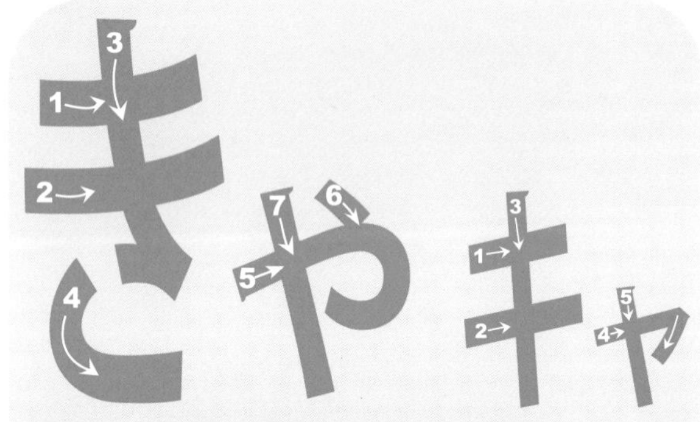

發音

kya

發音重點

嘴巴自然地張開，將「き」（ki）和「や」（ya）用拼音方式，發出類似台語「站」的輕聲。

寫寫看！

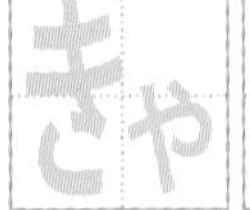

小小叮嚀！

- 先依照清音「き」的筆劃順序寫一個「き」。
- 再依照清音「や」的筆劃順序，在「き」的右下方寫一個小字的「ゃ」，高度大約是「き」的一半。
- 拗音由一大一小兩個字合成，看似兩個字，其實只是一個字喔！

片假名也練習看看！

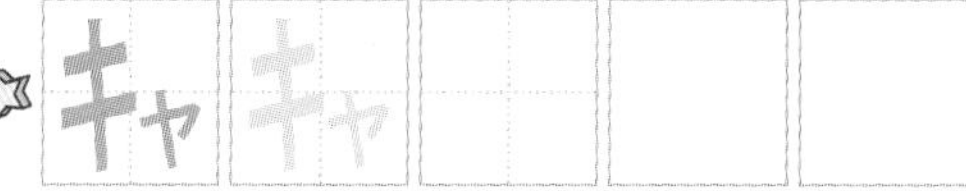

きゃ / キャ有什麼？

☆ きゃく kya.ku（客人）

☆ きゃくま kya.ku.ma（客廳）

☆ きゃくほん kya.ku.ho.n（劇本）

☆ キャベツ kya.be.tsu（高麗菜）

說說看!

きゃあ！ 啊！（驚叫聲）
kya.a

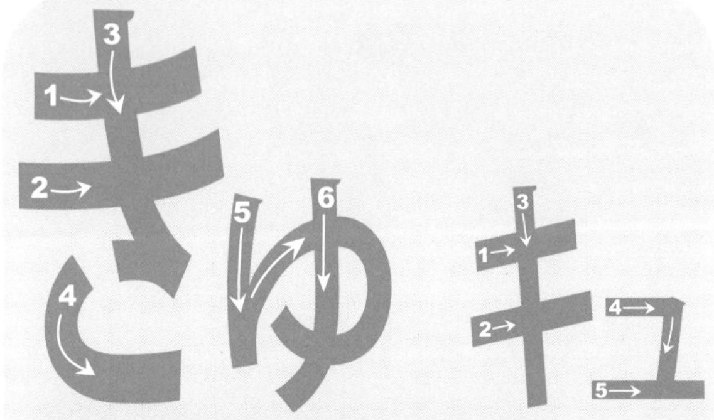

發音

kyu

發音重點

嘴角向中間靠攏，將「き」（ki）和「ゆ」（yu）用拼音方式，發出類似英文字母「Q」的聲音。

小小叮嚀！

- 先依照清音「き」的筆劃順序寫一個「き」。
- 再依照清音「ゆ」的筆劃順序，在「き」的右下方寫一個小字的「ゅ」，高度大約是「き」的一半。

片假名也練習看看！

キュ キュ

きゅ / キュ有什麼？

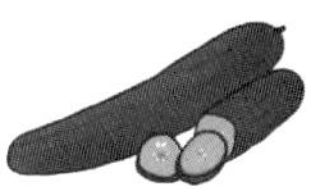

☆きゅうか kyu.u.ka（休假）

☆きゅうり kyu.u.ri（小黄瓜）

☆きゅうこん kyu.u.ko.n（求婚）

☆キュート kyu.u.to（可愛的）

說說看!

きゅうけいしよう。 休息吧。

kyu.u.ke.e.shi.yo.o

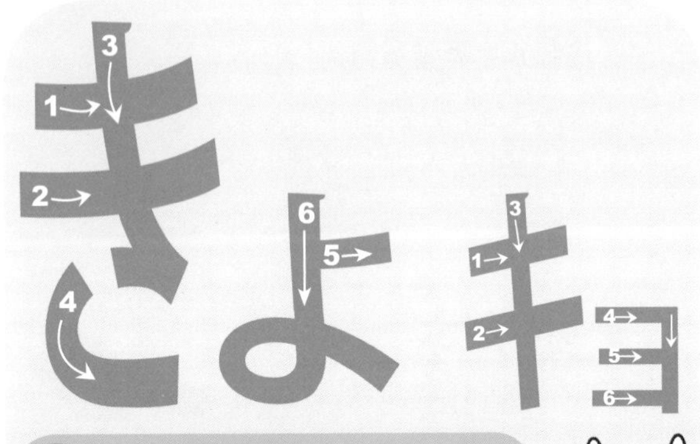

發音重點
嘴唇呈圓形，將「き」（ki）和「よ」（yo）用拼音方式，發出類似台語「撿」的聲音。

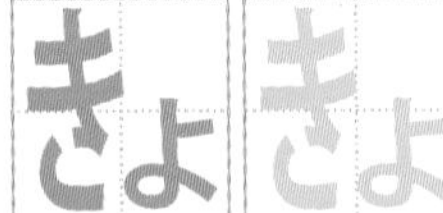

小小叮嚀！

- 先依照清音「き」的筆劃順序寫一個「き」。
- 再依照清音「よ」的筆劃順序，在「き」的右下方寫一個小字的「ょ」，高度大約是「き」的一半。

片假名也練習看看！

キョ キョ

きょ / キョ有什麼？

- きょり kyo.ri（距離）
- きょか kyo.ka（允許）
- きょねん kyo.ne.n（去年）
- キョンシー kyo.n.shi.i（殭屍）

說說看！

きょろきょろするな！ 不要東張西望！

kyo.ro.kyo.ro.su.ru.na

發音

sha

發音重點

嘴巴自然地張開，將「し」（shi）和「や」（ya）用拼音方式，發出類似「瞎」的聲音。

寫寫看！

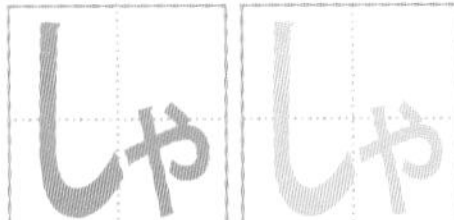

小小叮嚀！

- 先依照清音「し」的筆劃順序寫一個「し」。
- 再依照清音「や」的筆劃順序，在「し」的右下方寫一個小字的「ゃ」，高度大約是「し」的一半。

片假名也練習看看！

シャ シャ

しゃ / しゃ有什麼？

- しゃこ sha.ko（車庫）
- しゃいん sha.i.n（公司職員）
- しゃりん sha.ri.n（車輪）
- シャツ sha.tsu（襯衫）

說說看!

しゃべるな！ 不要講話！

sha.be.ru.na

發音

shu

發音重點

嘴角向中間靠攏，將「し」（shi）和「ゆ」（yu）用拼音方式，發出類似台語「收」的聲音。

寫寫看！

小小叮嚀！

- 先依照清音「し」的筆劃順序寫一個「し」。
- 再依照清音「ゆ」的筆劃順序，在「し」的右下方寫一個小字的「ゅ」，高度大約是「し」的一半。

片假名也練習看看！

シュ シュ

しゅ / シュ有什麼？

☆しゅふ shu.fu（家庭主婦）

☆しゅくだい shu.ku.da.i（功課、作業）

☆しゅうかん shu.u.ka.n（習慣）

☆シュート shu.u.to（(足球、籃球等）射門、射籃）

說說看!

しゅみは。 興趣是什麼呢？

shu.mi wa

發音

sho

發音重點

嘴唇呈圓形，將「し」（shi）和「よ」（yo）用拼音方式，發出類似「休」的聲音。

寫寫看！

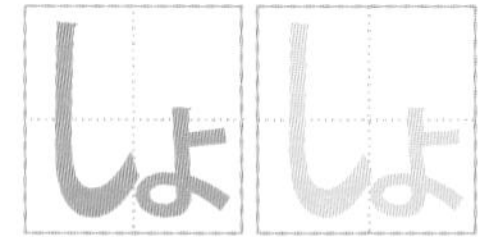

小小叮嚀！

- 先依照清音「し」的筆劃順序寫一個「し」。
- 再依照清音「よ」的筆劃順序，在「し」的右下方寫一個小字的「ょ」，高度大約是「し」的一半。

片假名也練習看看！

ショ ショ

しょ / ショ 有什麼？

☆しょり sho.ri（處理）

☆しょくじ sho.ku.ji（用餐）

☆しょきゅう sho.kyu.u（初級）

☆ショー sho.o（表演、秀）

說說看!

しょうかいして！ 介紹給我！

sho.o.ka.i.shi.te

ちゃ チャ

發音

cha

發音重點

嘴巴自然地張開，將「ち」（chi）和「や」（ya）用拼音方式，發出類似「掐」的聲音。

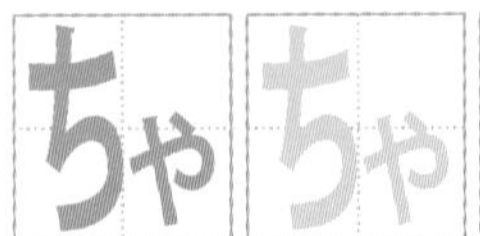

小小叮嚀！

- 先依照清音「ち」的筆劃順序寫一個「ち」。
- 再依照清音「や」的筆劃順序，在「ち」的右下方寫一個小字的「ゃ」，高度大約是「ち」的一半。

片假名也練習看看！

チャ チャ

ちゃ / チャ有什麼？

✩ちゃいろ cha.i.ro（咖啡色、棕色）

✩ちゃわん cha.wa.n（飯碗）

✩ちゃくりく cha.ku.ri.ku（著陸）

✩チャンス cha.n.su（機會）

說說看!

ちゃんとしなさい！ 好好地做！

cha.n.to shi.na.sa.i

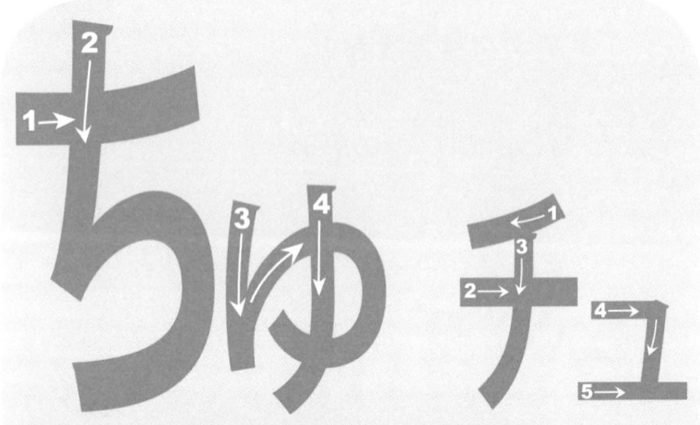

發音

chu

發音重點

嘴角向中間靠攏，將「ち」（chi）和「ゆ」（yu）用拼音方式，發出類似台語「秋」的聲音。

寫寫看！

ちゅ ちゅ

小小叮嚀！

- 先依照清音「ち」的筆劃順序寫一個「ち」。
- 再依照清音「ゆ」的筆劃順序，在「ち」的右下方寫一個小字的「ゅ」，高度大約是「ち」的一半。

片假名也練習看看！

チュ チュ

ちゅ / チュ有什麼？

☆ちゅうこ chu.u.ko（中古、二手）

☆ちゅうし chu.u.shi（中止）

☆ちゅうごく chu.u.go.ku（中國）

☆チューブ chu.u.bu（管子、軟管）

說說看!

ちゅういして！ 注意！

chu.u.i.shi.te

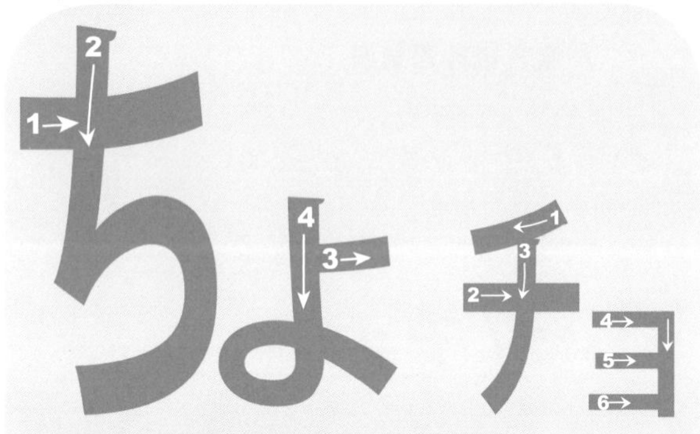

發音

cho

發音重點

嘴唇呈圓形，將「ち」（chi）和「よ」（yo）用拼音方式，發出類似「丘」的聲音。

ちょ ちょ

小小叮嚀！

- 先依照清音「ち」的筆劃順序寫一個「ち」。
- 再依照清音「よ」的筆劃順序，在「ち」的右下方寫一個小字的「ょ」，高度大約是「ち」的一半。

片假名也練習看看！

チョ	チョ			

ちょ / チョ 有什麼？

☆ちょくご cho.ku.go（～之後不久）

☆ちょくせつ cho.ku.se.tsu（直接）

☆ちょくせん cho.ku.se.n（直線）

☆チョコレート cho.ko.re.e.to（巧克力）

說說看!

ちょうどいい。 剛剛好。

cho.o.do i.i

發音

nya

發音重點

嘴巴自然地張開，舌頭抵在齒後，將「に」（ni）和「や」（ya）用拼音方式，發出類似台語「山嶺」的「嶺」的輕聲。

寫寫看！

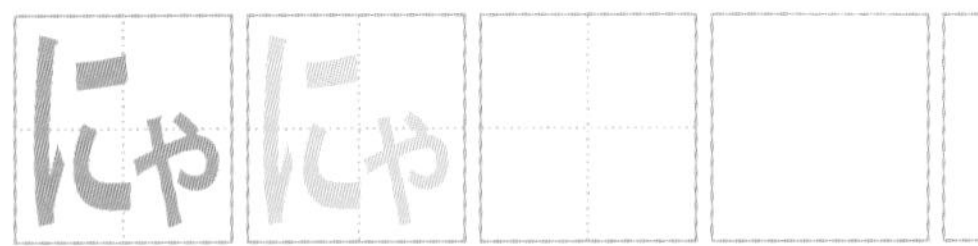

小小叮嚀！

- 先依照清音「に」的筆劃順序寫一個「に」。
- 再依照清音「や」的筆劃順序，在「に」的右下方寫一個小字的「ゃ」，高度大約是「に」的一半。

片假名也練習看看！

ニャ ニャ

にゃ / ニャ有什麼？

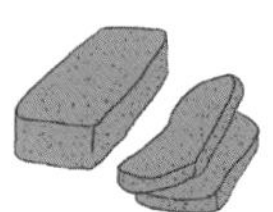

☆ こんにゃく ko.n.nya.ku（蒟蒻）

☆ ろうにゃく ro.o.nya.ku（老人和年輕人）

☆ にゃあにゃあ nya.a.nya.a（喵喵（貓咪的叫聲））

☆ コニャック ko.nya.k.ku（干邑白蘭地）

說說看!

ふにゃふにゃ。 軟趴趴地。

fu.nya.fu.nya

發音 **nyu**

發音重點

嘴角向中間靠攏，舌頭抵在齒後，將「に」（ni）和「ゆ」（yu）用拼音方式，發出類似英文「new」的聲音。

寫寫看！

小小叮嚀！

- 先依照清音「に」的筆劃順序寫一個「に」。
- 再依照清音「ゆ」的筆劃順序，在「に」的右下方寫一個小字的「ゅ」，高度大約是「に」的一半。

片假名也練習看看！

ニュ ニュ

にゅ／ニュ有什麼？

☆にゅうし nyu.u.shi（入學考試）

☆にゅういん nyu.u.i.n（住院）

☆にゅうがく nyu.u.ga.ku（入學）

☆ニュース nyu.u.su（新聞、消息）

說說看！

にゅうこくてつづき。 入境手續。

nyu.u.ko.ku te.tsu.zu.ki

MP3 26

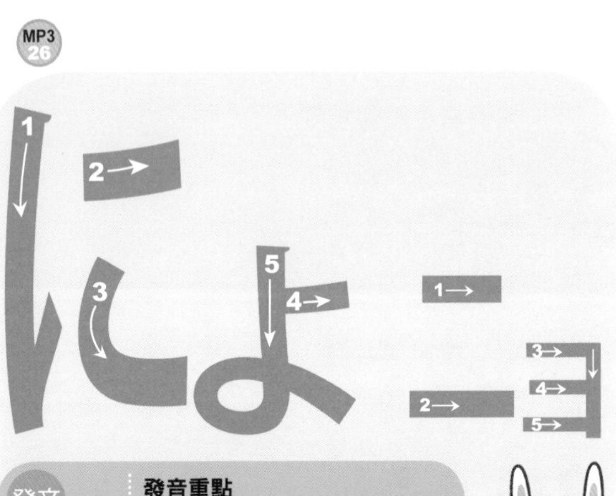

發音

nyo

發音重點

嘴唇呈圓形，舌頭抵在齒後，將「に」（ni）和「よ」（yo）用拼音方式，發出類似「妞」的聲音。

寫寫看！

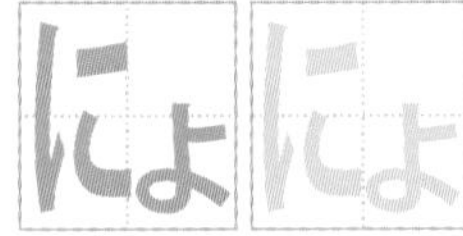

小小叮嚀！

- 先依照清音「に」的筆劃順序寫一個「に」。
- 再依照清音「よ」的筆劃順序，在「に」的右下方寫一個小字的「ょ」，高度大約是「に」的一半。

片假名也練習看看！

ニョ ニョ

にょ / ニョ有什麼？

☆にょう nyo.o（尿）

☆にょじつ nyo.ji.tsu（真實）

☆にょうぼう nyo.o.bo.o（老婆）

☆ニョッキ nyo.k.ki（義大利麵疙瘩）

說說看!

にょろにょろ。 蜿蜒地。

nyo.ro.nyo.ro

發音

hya

發音重點

嘴巴自然地張開，將「ひ」（hi）和「や」（ya）用拼音方式，發出類似台語「蟻」的聲音。

寫寫看！

ひゃ	ひゃ			

小小叮嚀！

- 先依照清音「ひ」的筆劃順序寫一個「ひ」。
- 再依照清音「や」的筆劃順序，在「ひ」的右下方寫一個小字的「ゃ」，高度大約是「ひ」的一半。

片假名也練習看看！

ひゃ / ヒャ有什麼？

☆ひゃく hya.ku（一百）

☆ひゃくまん hya.ku.ma.n（一百萬）

☆ひゃくてん hya.ku.te.n（一百分）

☆ひゃくねん hya.ku.ne.n（一百年）

說說看!

ひゃくにんりきだ！（有了幫助，）力量就大了！

hya.ku.ni.n.ri.ki da

發音

hyu

發音重點

嘴角向中間靠攏，將「ひ」（hi）和「ゆ」（yu）用拼音方式，發出類似台語「休息」中「休」的聲音。

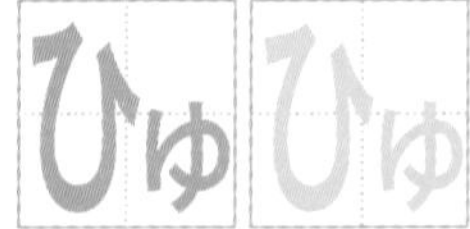

寫寫看！

ひゅ	ひゅ			

小小叮嚀！

- 先依照清音「ひ」的筆劃順序寫一個「ひ」。
- 再依照清音「ゆ」的筆劃順序，在「ひ」的右下方寫一個小字的「ゅ」，高度大約是「ひ」的一半。

片假名也練習看看！

ひゅ / ヒュ有什麼？

☆ひゅうがし hyu.u.ga.shi（日向市，位於日本宮崎縣北部）

☆ヒューマン hyu.u.ma.n（人類）

☆ヒューストン hyu.u.su.to.n（休士頓）

☆ヒューズ hyu.u.zu（保險絲）

說說看！

ひゅうひゅう。 咻咻，形容強風的聲音

hyu.u.hyu.u

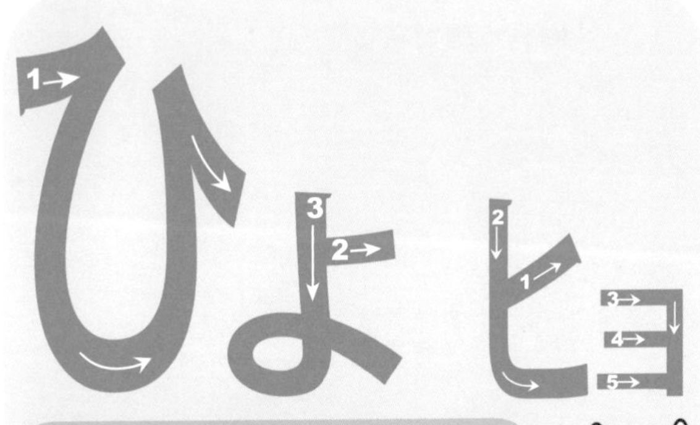

發音

hyo

發音重點

嘴唇呈圓形，將「ひ」（hi）和「よ」（yo）用拼音方式，發出類似台語「歇睏」中「歇」的聲音。

寫寫看！

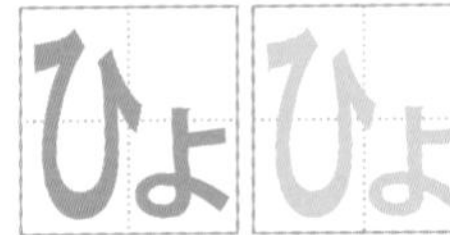

小小叮嚀！

- 先依照清音「ひ」的筆劃順序寫一個「ひ」。
- 再依照清音「よ」的筆劃順序，在「ひ」的右下方寫一個小字的「ょ」，高度大約是「ひ」的一半。

片假名也練習看看！

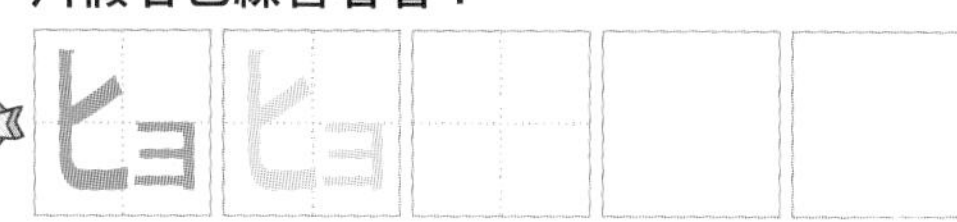

ひょ / ヒョ有什麼？

☆ひょう hyo.o（豹）

☆ひょうか hyo.o.ka（評價、估計）

☆ひょうがら hyo.o.ga.ra（豹紋）

☆ひょうじょう hyo.o.jo.o（表情）

說說看!

ひょうばんがいい。 評價高。

hyo.o.ba.n ga i.i

發音

mya

發音重點

嘴巴自然地張開，舌頭抵在齒後，將「み」（mi）和「や」（ya）用拼音方式，發出類似台語「命」的聲音。

寫寫看！

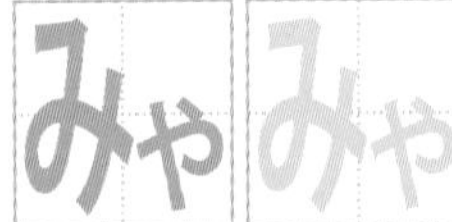

小小叮嚀！

- 先依照清音「み」的筆劃順序寫一個「み」。
- 再依照清音「や」的筆劃順序，在「み」的右下方寫一個小字的「ゃ」，高度大約是「み」的一半。

片假名也練習看看！

ミャ ミャ

みゃ / ミャ有什麼？

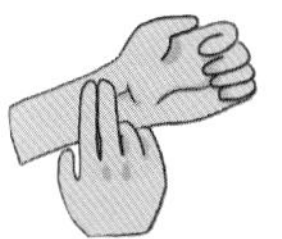

- みゃく mya.ku（脈搏）
- みゃくらく mya.ku.ra.ku（脈絡、關聯）
- じんみゃく ji.n.mya.ku（人脈）
- ミャンマー mya.n.ma.a（緬甸）

說說看!

みゃくみゃく。 接連不斷。

mya.ku.mya.ku

發音

myu

發音重點

嘴角向中間靠攏，將「み」（mi）和「ゆ」（yu）用拼音方式，發出「myu」的聲音。

小小叮嚀！

- 先依照清音「み」的筆劃順序寫一個「み」。
- 再依照清音「ゆ」的筆劃順序，在「み」的右下方寫一個小字的「ゅ」，高度大約是「み」的一半。

片假名也練習看看！

みゅ / ミュ有什麼？

☆ ミュンヘン myu.n.he.n（慕尼黑）

☆ ミュール myu.u.ru（高跟涼鞋）

☆ ミュージカル myu.u.ji.ka.ru（歌舞劇）

☆ ミュージアム myu.u.ji.a.mu（博物館）

說說看!

ミュージック。 音樂。

myu.u.ji.k.ku

發音

myo

發音重點

嘴唇呈圓形，將「み」（mi）和「よ」（yo）用拼音方式，發出類似「謬」的輕聲。

寫寫看！

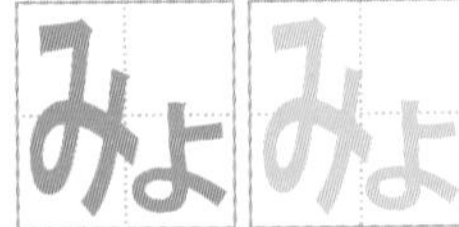

小小叮嚀！

- 先依照清音「み」的筆劃順序寫一個「み」。
- 再依照清音「よ」的筆劃順序，在「み」的右下方寫一個小字的「ょ」，高度大約是「み」的一半。

片假名也練習看看！

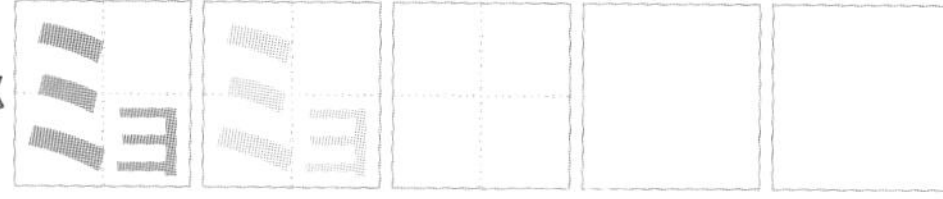

みょ / ミョ有什麼？

- みょう myo.o（妙）
- みょうじ myo.o.ji（姓）
- みょうやく myo.o.ya.ku（特效藥）
- みょうあん myo.o.a.n（妙計、好主意）

說說看！

みょうりにつきる！ 非常幸運！

myo.o.ri ni tsu.ki.ru

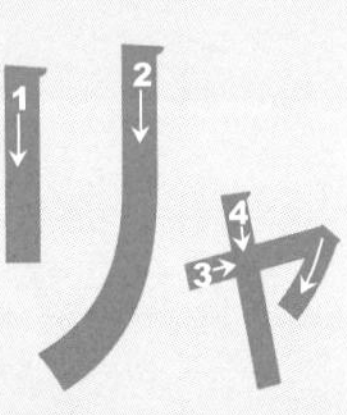

rya

發音重點

嘴巴自然地張開，將「り」（ri）和「や」（ya）用拼音方式，發出類似台語「抓」的聲音。

寫寫看！

小小叮嚀！

- 先依照清音「り」的筆劃順序寫一個「り」。
- 再依照清音「や」的筆劃順序，在「り」的右下方寫一個小字的「ゃ」，高度大約是「り」的一半。

片假名也練習看看！

リャ リャ

りゃ / リャ有什麼？

☆りゃく rya.ku（省略）

☆りゃくが rya.ku.ga（速寫、草圖）

☆りゃくしき rya.ku.shi.ki（簡便、簡略方式）

☆りゃくだつ rya.ku.da.tsu（掠奪、搶奪）

說說看!

そりゃだめだ！ 那樣不行！

so.rya da.me da （「それはだめだ」的簡略說法）

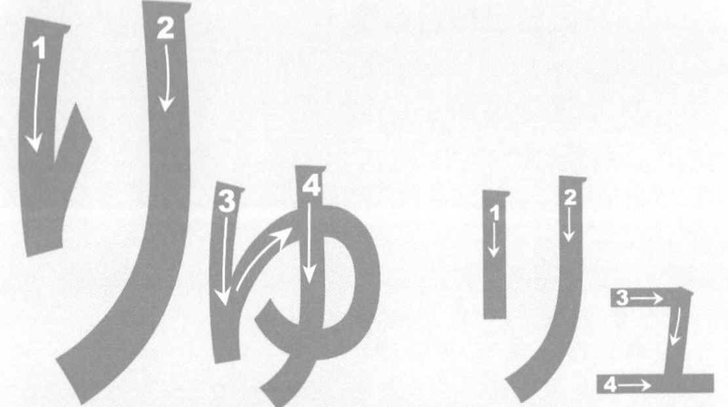

發音

ryu

發音重點

嘴角向中間靠攏，將「り」（ri）和「ゆ」（yu）用拼音方式，發出類似台語「泥鰍」的「鰍」的聲音。

寫寫看！

小小叮嚀！

- 先依照清音「り」的筆劃順序寫一個「り」。
- 再依照清音「ゆ」的筆劃順序，在「り」的右下方寫一個小字的「ゅ」，高度大約是「り」的一半。

片假名也練習看看！

リュ　リュ

りゅ / リュ有什麼？

- りゅうがく ryu.u.ga.ku（留學）
- りゅうねん ryu.u.ne.n（留級）
- りゅうつう ryu.u.tsu.u（流通）
- リュック ryu.k.ku（登山背包，「リュックサック」的簡稱）

說說看！

りゅうこう。 流行。

ryu.u.ko.o

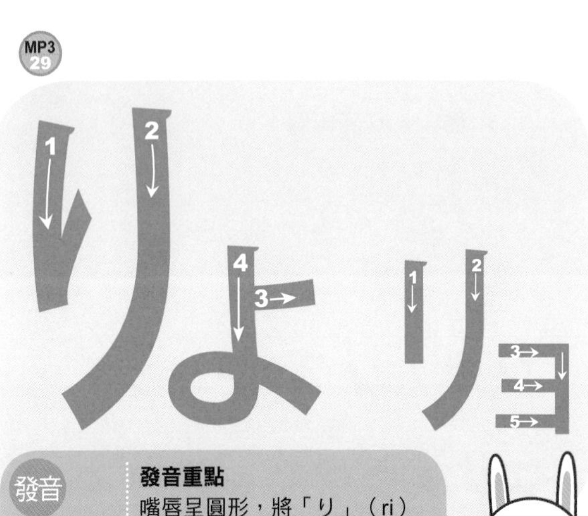

發音

ryo

發音重點

嘴唇呈圓形，將「り」（ri）和「よ」（yo）用拼音方式，發出類似「溜」的聲音。

寫寫看！

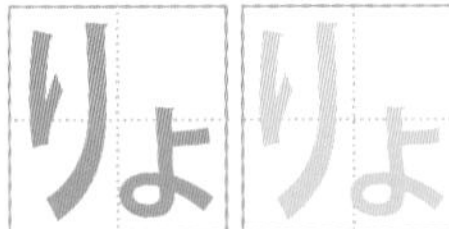

小小叮嚀！

- 先依照清音「り」的筆劃順序寫一個「り」。
- 再依照清音「よ」的筆劃順序，在「り」的右下方寫一個小字的「ょ」，高度大約是「り」的一半。

片假名也練習看看！

リョ リョ

りょ / リョ有什麼？

☆ りょう ryo.o（宿舍）

☆ りょひ ryo.hi（旅費）

☆ りょこう ryo.ko.o（旅行）

☆ りょうり ryo.o.ri（料理）

りょうがえする。（貨幣）兌換。

ryo.o.ga.e.su.ru

MP3 30

發音

gya

發音重點

嘴巴自然地張開，將「ぎ」（gi）和「や」（ya）用拼音方式，發出類似台語「驚」的聲音。

寫寫看！

小小叮嚀！

- 先依照濁音「ぎ」的筆劃順序寫一個「ぎ」。
- 再依照清音「や」的筆劃順序，在「ぎ」的右下方寫一個小字的「ゃ」，高度大約是「ぎ」的一半。

片假名也練習看看！

ギャ ギャ

ぎゃ / ギャ有什麼？

☆ぎゃく gya.ku（相反）

☆ギャグ gya.gu（搞笑的話或動作）

☆ギャラリー gya.ra.ri.i（畫廊）

☆ギャンブル gya.n.bu.ru（賭博）

說說看!

ぎゃあぎゃあさわぐな！ 別吵吵嚷嚷！

gya.a.gya.a sa.wa.gu.na

發音

gyu

發音重點

嘴角向中間靠攏，將「ぎ」（gi）和「ゆ」（yu）用拼音方式，發出類似台語「縮」的聲音。

寫寫看！

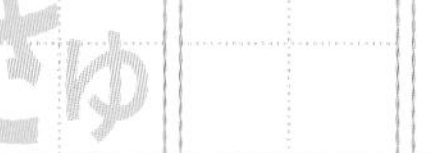

小小叮嚀！

- 先依照濁音「ぎ」的筆劃順序寫一個「ぎ」。
- 再依照清音「ゆ」的筆劃順序，在「ぎ」的右下方寫一個小字的「ゅ」，高度大約是「ぎ」的一半。

片假名也練習看看！

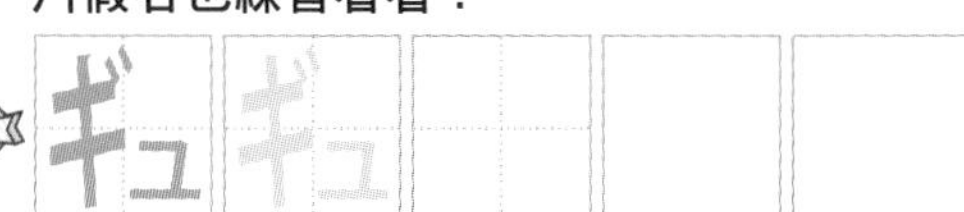

ぎゅ / ギュ有什麼？

- ぎゅうにく gyu.u.ni.ku（牛肉）
- ぎゅうどん gyu.u.do.n（牛丼）
- ぎゅうにゅう gyu.u.nyu.u（牛奶）
- レギュラー re.gyu.ra.a（正規的、正式的）

說說看!

ぎゅうぎゅう。 緊緊地、滿滿地。

gyu.u.gyu.u

發音

gyo

發音重點

嘴唇呈圓形，將「ぎ」（gi）和「よ」（yo）用拼音方式，發出類似台語「叫」的聲音。

寫寫看！

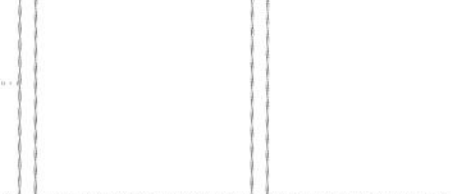

小小叮嚀！

- 先依照濁音「ぎ」的筆劃順序寫一個「ぎ」。
- 再依照清音「よ」的筆劃順序，在「ぎ」的右下方寫一個小字的「ょ」，高度大約是「ぎ」的一半。

片假名也練習看看！

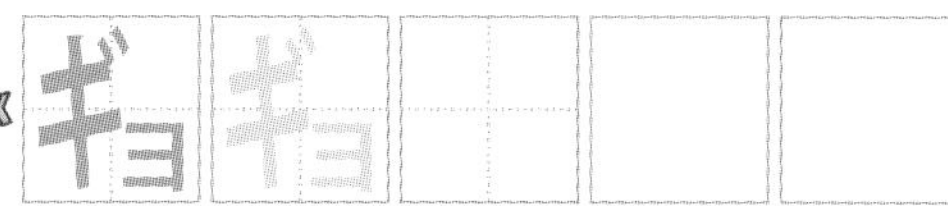

ぎょ / ギョ有什麼？

☆ぎょく gyo.ku（玉）

☆ぎょうぎ gyo.o.gi（禮節、舉止）

☆ぎょかい gyo.ka.i（魚類和貝類）

☆ギョーザ gyo.o.za（餃子）

說說看！

ぎょろり。 狠狠地瞪一眼。

gyo.ro.ri

發音

ja

發音重點

嘴巴自然地張開，將「じ」（ji）和「や」（ya）用拼音方式，發出類似「家」的聲音。

寫寫看！

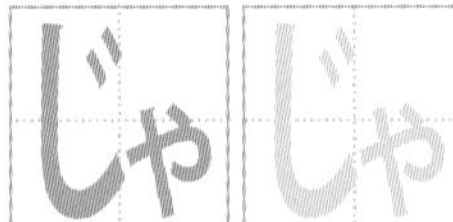

小小叮嚀！

- 先依照濁音「じ」的筆劃順序寫一個「じ」。
- 再依照清音「や」的筆劃順序，在「じ」的右下方寫一個小字的「ゃ」，高度大約是「じ」的一半。

片假名也練習看看！

ジャ ジャ

じゃ / ジャ有什麼？

- じゃり ja.ri（碎石）
- じゃんけん ja.n.ke.n（划拳）
- じゃがいも ja.ga.i.mo（馬鈴薯）
- ジャム ja.mu（果醬）

說說看！

じゃましないで！ 不要打擾！

ja.ma.shi.na.i.de

發音

ju

發音重點

嘴角向中間靠攏，將「じ」（ji）和「ゆ」（yu）用拼音方式，發出類似台語「周」的聲音。

寫寫看！

小小叮嚀！

・先依照濁音「じ」的筆劃順序寫一個「じ」。

・再依照清音「ゆ」的筆劃順序，在「じ」的右下方寫一個小字的「ゅ」，高度大約是「じ」的一半。

片假名也練習看看！

ジュ ジュ

じゅ / ジュ有什麼？

☆ じゅく ju.ku（補習班）

☆ じゅけん ju.ke.n（應考）

☆ じゅうどう ju.u.do.o（柔道）

☆ ジュース ju.u.su（果汁）

說說看!

じゅんびする。 準備。

ju.n.bi.su.ru

發音重點

嘴唇呈圓形，將「じ」（ji）和「よ」（yo）用拼音方式，發出類似「糾」的聲音。

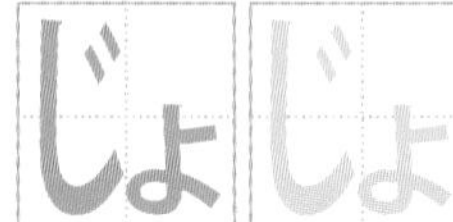

小小叮嚀！

- 先依照濁音「じ」的筆劃順序寫一個「じ」。
- 再依照清音「よ」的筆劃順序，在「じ」的右下方寫一個小字的「ょ」，高度大約是「じ」的一半。

片假名也練習看看！

じょ / ジョ有什麼？

- じょせい jo.se.e（女性）
- じょうぶ jo.o.bu（健康的、堅固的）
- じょうひん jo.o.hi.n（優雅）
- ジョーク jo.o.ku（玩笑）

說說看！

じょうしき。 常識。

jo.o.shi.ki

發音

bya

發音重點

嘴巴自然地張開，將「び」（bi）和「や」（ya）用拼音方式，發出類似台語「壁」的聲音。

寫寫看！

小小叮嚀！

・先依照濁音「び」的筆劃順序寫一個「び」。

・再依照清音「や」的筆劃順序，在「び」的右下方寫一個小字的「ゃ」，高度大約是「び」的一半。

片假名也練習看看！

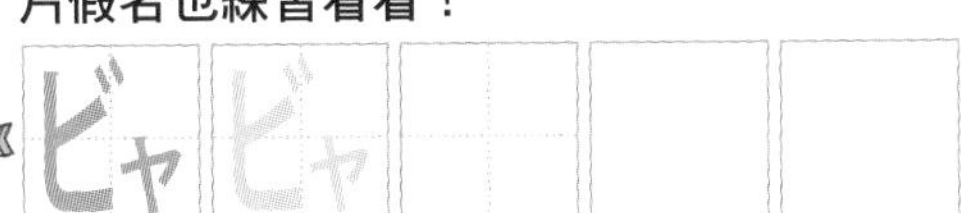

びゃ / ビャ有什麼？

☆びゃくや bya.ku.ya（白夜）

☆びゃくだん bya.ku.da.n（檀木）

☆なんびゃく na.n.bya.ku（幾百）

☆さんびゃく sa.n.bya.ku（三百）

說說看！

せんさんびゃくえん。 一千三百日圓。

se.n.sa.n.bya.ku e.n

發音

byu

發音重點

嘴角向中間靠攏，將「び」（bi）和「ゆ」（yu）用拼音方式，發出類似「byu」的聲音。

寫寫看！

小小叮嚀！

- 先依照濁音「び」的筆劃順序寫一個「び」。
- 再依照清音「ゆ」的筆劃順序，在「び」的右下方寫一個小字的「ゅ」，高度大約是「び」的一半。

片假名也練習看看！

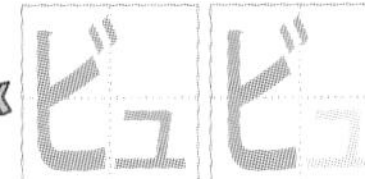

びゅ / ビュ有什麼？

☆びゅうけん byu.u.ke.n（錯誤的見解）

☆びゅうげん byu.u.ge.n（錯誤的發言）

☆ビュー byu.u（景色）

☆ビューラー byu.u.ra.a（睫毛夾）

說說看！

びゅんびゅん。 形容東西快速移動。

byu.n.byu.n

MP3 32

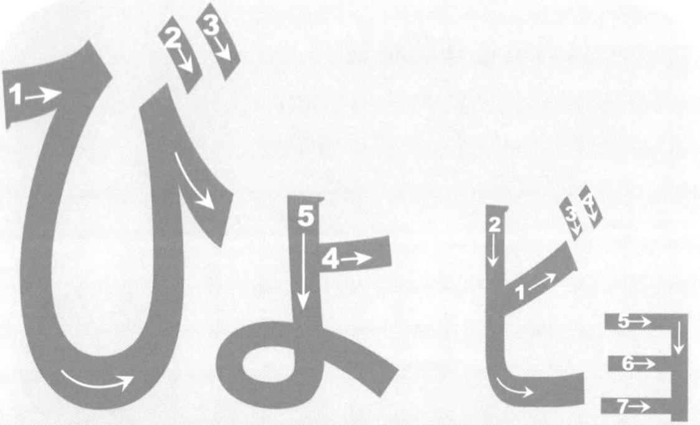

びょ ビョ

發音

byo

發音重點

嘴唇呈圓形，將「び」（bi）和「よ」（yo）用拼音方式，發出類似台語「標」的聲音。

寫寫看！

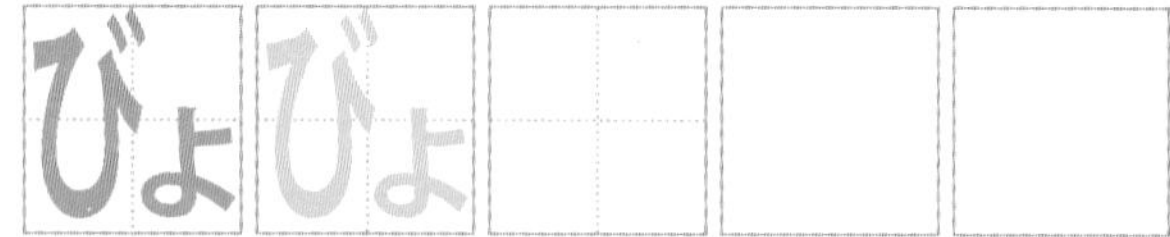

小小叮嚀！

- 先依照濁音「び」的筆劃順序寫一個「び」。
- 再依照清音「よ」的筆劃順序，在「び」的右下方寫一個小字的「ょ」，高度大約是「び」的一半。

片假名也練習看看！

びょ / ビョ 有什麼？

☆びょうき byo.o.ki（疾病）

☆びょうぶ byo.o.bu（屏風）

☆びょうにん byo.o.ni.n（病人）

☆びょういん byo.o.i.n（醫院）

說說看!

びょうどう。 公平、平等。

byo.o.do.o

發音

pya

發音重點

嘴巴自然地張開，將「ぴ」（pi）和「や」（ya）用拼音方式，發出類似台語「癖」的聲音。

寫寫看！

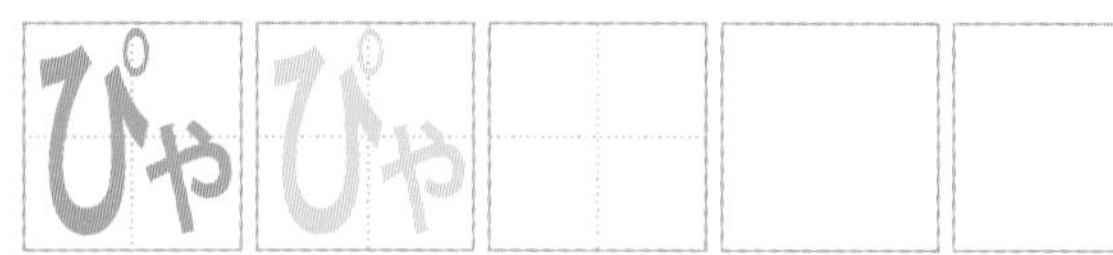

小小叮嚀！

- 先依照半濁音「ぴ」的筆劃順序寫一個「ぴ」。
- 再依照清音「や」的筆劃順序，在「ぴ」的右下方寫一個小字的「ゃ」，高度大約是「ぴ」的一半。

片假名也練習看看！

ピャ ピャ

ぴゃ / ピャ有什麼？

☆ろっぴゃく ro.p.pya.ku（六百）

☆はっぴゃく ha.p.pya.ku（八百）

☆せんろっぴゃく se.n.ro.p.pya.ku（一千六百）

☆はっぴゃくななえん ha.p.pya.ku.na.na e.n（八百零七日圓）

說說看！

にせんろっぴゃくえん。 二千六百日圓。

ni.se.n.ro.p.pya.ku e.n

發音
pyu

發音重點
嘴角向中間靠攏，將「ぴ」（pi）和「ゆ」（yu）用拼音方式，發出類似「pyu」的聲音。

寫寫看！

小小叮嚀！

- 先依照半濁音「ぴ」的筆劃順序寫一個「ぴ」。
- 再依照清音「ゆ」的筆劃順序，在「ぴ」的右下方寫一個小字的「ゅ」，高度大約是「ぴ」的一半。

片假名也練習看看！

ぴゅ / ピュ有什麼？

☆ぴゅうぴゅう pyu.u.pyu.u（咻咻，形容強風吹的聲音）

☆ピュア pyu.a（純潔）

☆ピューレ pyu.u.re（醬狀食品）

☆ピューリタン pyu.u.ri.ta.n（清教徒）

說說看!

ぴゅーん。 形容東西快速走過去的聲音和樣子。

pyu.u.n

寫寫看！

ぴょ ぴょ

小小叮嚀！

- 先依照半濁音「ぴ」的筆劃順序寫一個「ぴ」。
- 再依照清音「よ」的筆劃順序，在「ぴ」的右下方寫一個小字的「ょ」，高度大約是「ぴ」的一半。

片假名也練習看看！

ぴょ / ピョ有什麼？

- ぴょこぴょこ pyo.ko.pyo.ko（輕輕跳動的樣子）
- ぴょんぴょん pyo.n.pyo.n（輕快蹦跳的樣子）
- ピョンヤン pyo.n.ya.n（平壤，北韓首都）
- ピョートル pyo.o.to.ru（俄羅斯男性名字）

說說看!

いっぴょうのさ。 一票之差。

i.p.pyo.o no sa

促音表

平假名	片假名
っ	ッ
t	

長音表

	あ段（a）		い段（i）	
	平假名	片假名	平假名	片假名
あ行	ああ	アー	いい	イー
	a.a		i.i	
か行（k）	かあ	カー	きい	キー
	ka.a		ki.i	
さ行（s）	さあ	サー	しい	シー
	sa.a		shi.i	
た行（t）	たあ	ター	ちい	チー
	ta.a		chi.i	
な行（n）	なあ	ナー	にい	ニー
	na.a		ni.i	
は行（h）	はあ	ハー	ひい	ヒー
	ha.a		hi.i	
ま行（m）	まあ	マー	みい	ミー
	ma.a		mi.i	
や行（y）	やあ	ヤー		
	ya.a			
ら行（r）	らあ	ラー	りい	リー
	ra.a		ri.i	
わ行（w）	わあ	ワー		
	wa.a			

學習要點

- 日文的促音只有一個，就是「っ」。寫法是把假名「つ」變成字體較小的「っ」。
- 促音不會單獨存在，它的前面必須有字，例如：「あっ」（啊！），或者是前後都有字，例如：「きっぷ」（車票）。
- 促音它也不像拗音一樣是寫在其他假名的右下方，它是單獨一個字，例如從「きって」（郵票）就可以看出「っ」是寫在「き」和「て」的正中央。
- 促音雖然在發音上也算一拍，但是它不需發出聲音，而是停頓一拍。

う段（u）		え段（e）		お段（o）	
平假名	片假名	平假名	片假名	平假名	片假名
うう	ウー	えい／ええ	エー	おう／おお	オー
u.u		e.e		o.o	
くう	クー	けい／けえ	ケー	こう／こお	コー
ku.u		ke.e		ko.o	
すう	スー	せい／せえ	セー	そう／そお	ソー
su.u		se.e		so.o	
つう	ツー	てい／てえ	テー	とう／とお	トー
tsu.u		te.e		to.o	
ぬう	ヌー	ねい／ねえ	ネー	のう／のお	ノー
nu.u		ne.e		no.o	
ふう	フー	へい／へえ	ヘー	ほう／ほお	ホー
fu.u		he.e		ho.o	
むう	ムー	めい／めえ	メー	もう／もお	モー
mu.u		me.e		mo.o	
ゆう	ユー			よう／よお	ヨー
yu.u				yo.o	
るう	ルー	れい／れえ	レー	ろう／ろお	ロー
ru.u		re.e		ro.o	

☆僅列出清音，濁音、半濁音、拗音的長音規則皆同。

- 要用羅馬拼音標示促音的時候，方法為重覆下一個假名的第一個拼音字母，像是「きって」就是「ki.t.te」。
- 日文發音時，嘴型保持不變，將發音拉長一拍，就叫做長音。
- 片假名中表示長音的符號是「ー」。

發音

t

發音重點

這個字在當促音時不發出聲音，但是須停頓一拍喔！

寫寫看！

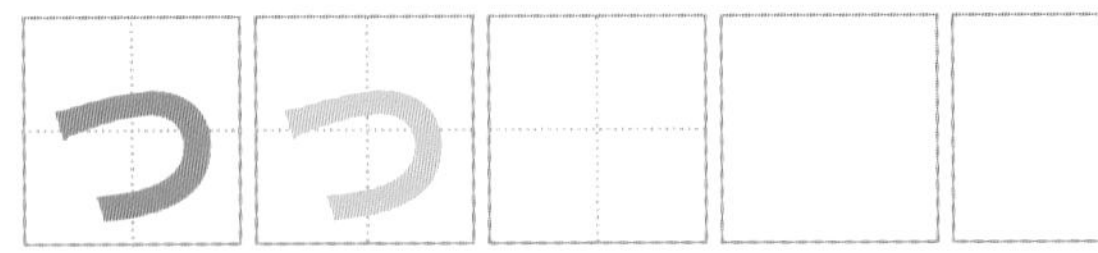

小小叮嚀！

・依照清音「つ」的筆劃順序寫一個小字的「っ」，高度大約是原來清音「つ」的一半。

片假名也練習看看！

ツ ツ

つ / ツ 有什麼？

☆きって ki.t.te（郵票）

☆ざっし za.s.shi（雜誌）

☆あさって a.sa.t.te（後天）

☆コック ko.k.ku（廚師）

說說看!

やっとできた！ 好不容易完成了！

ya.t.to de.ki.ta

MP3 37

發音+重點

日文的假名，每個字都要唸一拍。所以長音的發音，必須依據前面母音，拉長多唸一拍。因為有沒有長音，意思是不一樣的喔！

發音規則+標示方法！

・あ、い、う、え、お是日語的母音，長音是兩個相同母音同時出現時，所形成的音。什麼時候要唸長音呢？

あ段假名後面有あ時，例如：おかあさん（媽媽）
い段假名後面有い時，例如：おにいさん（哥哥）
う段假名後面有う時，例如：くうき（空氣）
え段假名後面有え時，例如：おねえさん（姊姊）
お段假名後面有お時，例如：こおり（冰塊）
え段假名後面有い時，例如：けいさつ（警察）
お段假名後面有う時，例如：ようふく（衣服）

・片假名的長音，一律用「ー」標示，例如：キー（鑰匙）

片假名也練習看看！

ー ー

長音有什麼？

☆おばあさん o.ba.a.sa.n（奶奶、老婦人）

⇕

おばさん o.ba.sa.n（阿姨、姑姑）

☆ビール bi.i.ru（啤酒）

⇕

ビル bi.ru（大樓）

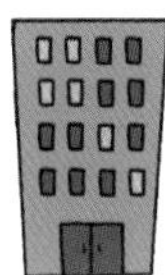

說說看！

おはよう。 早安。

o.ha.yo.o

附錄

時間順序（每日）
「整點」的說法
「小時」的累計
「分鐘」的說法
「分鐘」的累計

量　詞

「物品」的單位
「物品」的單位（和語用法）
「百」的用法
「千」的用法
「萬」的用法
「日圓」的說法

打招呼基本用語

はじめまして。 ha.ji.me.ma.shi.te 初次見面。
どうぞよろしく。 do.o.zo yo.ro.shi.ku 請多多指教。
おはようございます。 o.ha.yo.o go.za.i.ma.su 早安。
こんにちは。 ko.n.ni.chi.wa 午安。
こんばんは。 ko.n.ba.n.wa 晚安。
ありがとうございます。 a.ri.ga.to.o go.za.i.ma.su 謝謝您。

どういたしまして。

do.o i.ta.shi.ma.shi.te

不客氣。

すみません。

su.mi.ma.se.n

對不起。

どうぞ。

do.o.zo

請。

さようなら。

sa.yo.o.na.ra

再見。

わかりません。

wa.ka.ri.ma.se.n

不知道。

いくらですか。

i.ku.ra de.su ka

多少錢呢？

時間推移（年）

日文發音	漢字表記	中文翻譯
おととし	一昨年	前年
きょねん	去年	去年
ことし	今年	今年
らいねん	来年	明年
さらいねん	再来年	後年

「年」的累計

日文發音	漢字表記	中文翻譯
いちねん	一年	一年
にねん	二年	二年
さんねん	三年	三年
よねん	四年	四年
ごねん	五年	五年
ろくねん	六年	六年
ななねん、しちねん	七年	七年
はちねん	八年	八年
きゅうねん、くねん	九年	九年
じゅうねん	十年	十年

時間推移（月）

日文發音	漢字表記	中文翻譯
せんせんげつ	先々月	上上個月
せんげつ	先月	上個月
こんげつ	今月	這個月
らいげつ	来月	下個月
さらいげつ	再来月	下下個月

固定時間

日文發音	漢字表記	中文翻譯
まいあさ	毎朝	每天早上
まいばん	毎晩	每天晚上
まいしゅう	毎週	每週
まいつき、まいげつ	毎月	每月
まいとし、まいねん	毎年	每年

「月份」的說法

日文發音	漢字表記	中文翻譯
しょうがつ	正月	正月
いちがつ	一月	一月
にがつ	二月	二月

さんがつ	三月	三月
しがつ	四月	四月
ごがつ	五月	五月
ろくがつ	六月	六月
しちがつ	七月	七月
はちがつ	八月	八月
くがつ	九月	九月
じゅうがつ	十月	十月
じゅういちがつ	十一月	十一月
じゅうにがつ	十二月	十二月

「月」的累計

日文發音	漢字表記	中文翻譯
ひとつき	一月	一個月
いっかげつ	一か月	一個月
ふたつき	二月	二個月
にかげつ	二か月	二個月
さんかげつ	三か月	三個月
よんかげつ	四か月	四個月
ごかげつ	五か月	五個月
ろっかげつ	六か月	六個月

ななかげつ、しちかげつ	七か月	七個月
はちかげつ、はっかげつ	八か月	八個月
きゅうかげつ	九か月	九個月
じゅっかげつ、じっかげつ	十か月	十個月
はんとし	半年	半年

時間推移（星期）

日文發音	漢字表記	中文翻譯
せんせんしゅう	先々週	上上星期
せんしゅう	先週	上星期
こんしゅう	今週	這星期
らいしゅう	来週	下星期
さらいしゅう	再来週	下下星期

「星期」的累計

日文發音	漢字表記	中文翻譯
いっしゅうかん	一週間	一個星期

にしゅうかん	二週間	二個星期
さんしゅうかん	三週間	三個星期
よんしゅうかん	四週間	四個星期
ごしゅうかん	五週間	五個星期
ろくしゅうかん	六週間	六個星期
ななしゅうかん、しちしゅうかん	七週間	七個星期
はっしゅうかん	八週間	八個星期
きゅうしゅうかん	九週間	九個星期
じゅっしゅうかん、じっしゅうかん	十週間	十個星期

「日」的累計

日文發音	漢字表記	中文翻譯
いちにち	一日	一天
ふつか	二日	二天
みっか	三日	三天
よっか	四日	四天
いつか	五日	五天
むいか	六日	六天

なのか	七日	七天
ようか	八日	八天
ここのか	九日	九天
とおか	十日	十天

「日期」的說法

日文發音	漢字表記	中文翻譯
ついたち	一日	一日
ふつか	二日	二日
みっか	三日	三日
よっか	四日	四日
いつか	五日	五日
むいか	六日	六日
なのか	七日	七日
ようか	八日	八日
ここのか	九日	九日
とおか	十日	十日
じゅういちにち	十一日	十一日
じゅうににち	十二日	十二日
じゅうさんにち	十三日	十三日
じゅうよっか	十四日	十四日

じゅうごにち	十五日	十五日
じゅうろくにち	十六日	十六日
じゅうしちにち	十七日	十七日
じゅうはちにち	十八日	十八日
じゅうくにち	十九日	十九日
はつか	二十日	廿日
にじゅういちにち	二十一日	廿一日
にじゅうににち	二十二日	廿二日
にじゅうさんにち	二十三日	廿三日
にじゅうよっか	二十四日	廿四日
にじゅうごにち	二十五日	廿五日
にじゅうろくにち	二十六日	廿六日
にじゅうしちにち	二十七日	廿七日
にじゅうはちにち	二十八日	廿八日
にじゅうくにち	二十九日	廿九日
さんじゅうにち	三十日	卅日
さんじゅういちにち	三十一日	卅一日

時間順序（每日）

日文發音	漢字表記	中文翻譯
おとといのあさ	一昨日の朝	前天早上

きのうのあさ	昨日の朝	昨天早上
けさ	今朝	今天早上
あしたのあさ	明日の朝	明天早上
あさってのあさ	明後日の朝	後天早上
おとといのばん	一昨日の晩	前天晚上
きのうのばん	昨日の晩	昨晚
ゆうべ	昨夜	昨晚
こんばん	今晩	今晚
こんや	今夜	今晚
あしたのばん	明日の晩	明天晚上
あさってのばん	明後日の晩	後天晚上

「整點」的說法

日文發音	漢字表記	中文翻譯
いちじ	一時	一點
にじ	二時	二點
さんじ	三時	三點
よじ	四時	四點
ごじ	五時	五點
ろくじ	六時	六點
しちじ	七時	七點

はちじ	八時	八點
くじ	九時	九點
じゅうじ	十時	十點
じゅういちじ	十一時	十一點
じゅうにじ	十二時	十二點

「小時」的累計

日文發音	漢字表記	中文翻譯
いちじかん	一時間	一個小時
にじかん	二時間	二個小時
さんじかん	三時間	三個小時
よじかん	四時間	四個小時
ごじかん	五時間	五個小時
ろくじかん	六時間	六個小時
ななじかん、しちじかん	七時間	七個小時
はちじかん	八時間	八個小時
くじかん	九時間	九個小時
じゅうじかん	十時間	十個小時

「分鐘」的說法

日文發音	漢字表記	中文翻譯
いっぷん	一分	一分
にふん	二分	二分
さんぷん	三分	三分
よんぷん	四分	四分
ごふん	五分	五分
ろっぷん	六分	六分
しちふん、ななふん	七分	七分
はっぷん	八分	八分
きゅうふん	九分	九分
じゅっぷん、じっぷん	十分	十分
じゅうごふん	十五分	十五分
さんじゅっぷん、さんじっぷん	三十分	三十分

「分鐘」的累計

日文發音	漢字表記	中文翻譯
いっぷん	一分	一分鐘
にふん	二分	二分鐘
さんぷん	三分	三分鐘

よんぷん	四分	四分鐘
ごふん	五分	五分鐘
ろっぷん	六分	六分鐘
しちふん、ななふん	七分	七分鐘
はっぷん	八分	八分鐘
きゅうふん	九分	九分鐘
じゅっぷん、じっぷん	十分	十分鐘

「物品」的單位

日文發音	漢字表記	中文翻譯
いっこ	一個	一個
にこ	二個	二個
さんこ	三個	三個
よんこ	四個	四個
ごこ	五個	五個
ろっこ	六個	六個
ななこ	七個	七個
はっこ	八個	八個
きゅうこ	九個	九個
じゅっこ、じっこ	十個	十個

「物品」的單位（和語用法）

日文發音	漢字表記	中文翻譯
ひとつ	一つ	一個
ふたつ	二つ	二個
みっつ	三つ	三個
よっつ	四つ	四個
いつつ	五つ	五個
むっつ	六つ	六個
ななつ	七つ	七個
やっつ	八つ	八個
ここのつ	九つ	九個
とお	十	十個

「百」的用法

日文發音	漢字表記	中文翻譯
ひゃく	百	一百
にひゃく	二百	二百
さんびゃく	三百	三百
よんひゃく	四百	四百
ごひゃく	五百	五百
ろっぴゃく	六百	六百

ななひゃく	七百	七百
はっぴゃく	八百	八百
きゅうひゃく	九百	九百

「千」的用法

日文發音	漢字表記	中文翻譯
せん	千	一千
にせん	二千	二千
さんぜん	三千	三千
よんせん	四千	四千
ごせん	五千	五千
ろくせん	六千	六千
ななせん	七千	七千
はっせん	八千	八千
きゅうせん	九千	九千

「萬」的用法

日文發音	漢字表記	中文翻譯
いちまん	一万	一萬
にまん	二万	二萬
さんまん	三万	三萬

よんまん	四万	四萬
ごまん	五万	五萬
ろくまん	六万	六萬
ななまん	七万	七萬
はちまん	八万	八萬
きゅうまん	九万	九萬
じゅうまん	十万	十萬

「日圓」的說法

日文發音	漢字表記	中文翻譯
いちえん	一円	一日圓
にえん	二円	二日圓
さんえん	三円	三日圓
よえん	四円	四日圓
ごえん	五円	五日圓
ろくえん	六円	六日圓
しちえん、 ななえん	七円	七日圓
はちえん	八円	八日圓
きゅうえん	九円	九日圓
じゅうえん	十円	十日圓

國家圖書館出版品預行編目資料

日語50音帶著背！ 新版 / 元氣日語編輯小組編著
-- 四版 -- 臺北市：瑞蘭國際, 2024.07
256面；10.4×16.2公分 --（隨身外語系列；70）
ISBN：978-626-7473-47-4（平裝）
1. CST：日語 2. CST：語音 3.CST：假名

803.1134 113009505

隨身外語系列 70

日語50音帶著背！新版

編著者｜元氣日語編輯小組
責任編輯｜王愿琦、葉仲芸
校對｜王愿琦、葉仲芸

日語錄音｜今泉江利子、野崎孝男・錄音室｜不凡數位錄音室
封面設計、版型設計｜YUKI・內文排版｜張芝瑜、余佳憓・美術插畫｜Syuan Ho

瑞蘭國際出版

董事長｜張暖彗・社長兼總編輯｜王愿琦
編輯部
副總編輯｜葉仲芸・主編｜潘治婷
設計部主任｜陳如琪
業務部
經理｜楊米琪・主任｜林湲洵・組長｜張毓庭

出版社｜瑞蘭國際有限公司・地址｜台北市大安區安和路一段104號7樓之1
電話｜(02)2700-4625・傳真｜(02)2700-4622・訂購專線｜(02)2700-4625
劃撥帳號｜19914152 瑞蘭國際有限公司
瑞蘭國際網路書城｜www.genki-japan.com.tw

法律顧問｜海灣國際法律事務所　呂錦峯律師

總經銷｜聯合發行股份有限公司・電話｜(02)2917-8022、2917-8042
傳真｜(02)2915-6275、2915-7212・印刷｜科億印刷股份有限公司
出版日期｜2024年07月初版1刷・定價｜350元・ISBN｜978-626-7473-47-4

PRINTED WITH SOY INK 本書採用環保大豆油墨印製